『十二五』國家重點圖書出版規劃項目

詞學研究

任中敏 著
李飛躍 輯校

⊙任中敏文集⊙
王小盾 陳文和 主編

鳳凰出版社

圖書在版編目（CIP）數據

詞學研究 / 任中敏著 ; 李飛躍輯校. -- 南京 : 鳳凰出版社, 2013.10 (2019.9重印)
（任中敏文集）
ISBN 978 7 5506 1892 3

Ⅰ. ①詞… Ⅱ. ①任… ②李… Ⅲ. ①詞學－詩詞研究－中國－古代 Ⅳ. ①I207.23

中國版本圖書館CIP數據核字(2013)第246335號

書　　名	詞學研究
著　　者	任中敏
輯　　校	李飛躍
責任編輯	樊　昕
出版發行	鳳凰出版社(原江蘇古籍出版社) 發行部電話025-83223462
出版社地址	南京市中央路165號,郵編:210009
出版社網址	http://www.fhcbs.com
照　　排	江蘇鳳凰製版有限公司
印　　刷	江蘇鳳凰通達印刷有限公司 南京市六合區冶山鎮,郵編:211523
開　　本	890×1240毫米　1/32
印　　張	4.875
字　　數	140千字
版　　次	2013年10月第1版　2019年9月第2次印刷
標準書號	ISBN 978-7-5506-1892-3
定　　價	25.00圓

(本書凡印裝錯誤可向承印廠調換,電話:025-57572508)

1984年任中敏先生於揚州師院指導首届博士生王小盾

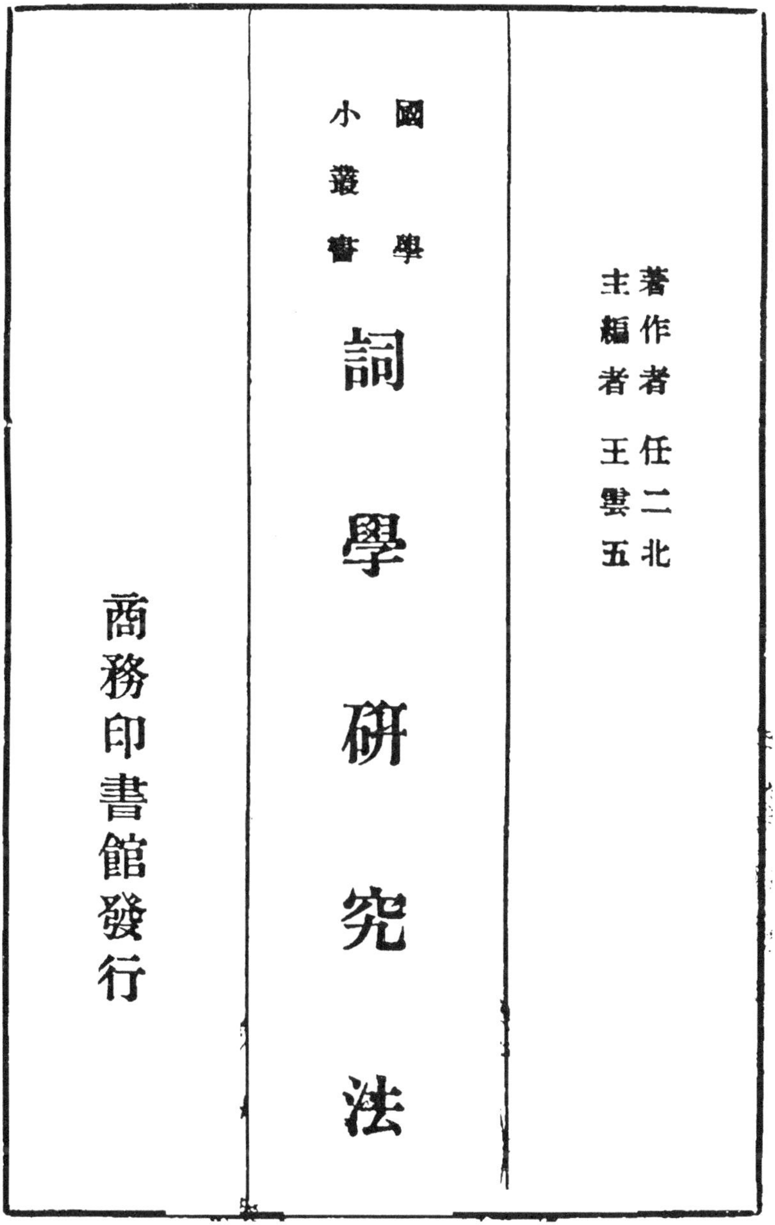
著作者 任二北
主編者 王雲五

國學小叢書

詞學研究法

商務印書館發行

《詞學研究法》書影，商務印書館 1935 年版

任中敏先生文集序

本文集是任中敏先生學術著述的總集。

先生名訥，字中敏，江蘇揚州人。早年治北曲和北宋詞，故自號“二北”；晚年從事唐代文藝研究，故又號“半塘”。他出生於 1897 年，即戊戌變法的前一年；辭世於 1991 年 12 月，即蘇聯解體的同一個月：享壽九十五年。他一生經歷了很多歷史事件，其中關係最直接的有“五四”運動、抗日戰爭、社會主義改造和“文化大革命”。先生一直以最積極的態度應對複雜多變的社會環境，所以在九十五年間，不僅有過像普通人一樣的生存，而且有過作爲社會活動家、教育家、學者的生存。本文集正是對於他的學術人生的記録。

先生最重要的學術業績是創立了散曲學和唐代文藝學。本文集圍繞這兩個中心而編成，可分爲四個部分：

第一部分散曲研究，包括《散曲叢刊》、《新曲苑》兩部叢書以及《散曲之研究》、《曲録補正》、《詞曲合併研究》、《詞曲通義》等單篇論述。這些著作有兩大内容：一是把古典文獻學的目録、版本、校勘、輯佚、辨僞之法同詞曲學的曲調、韻律、題目、體例研究結合起來，對元、明、清三代的散曲創作和評論做了系統總結；二是在和詞體相比較的基礎上，考訂了散曲的名稱、體段、用調、作法、内容、派别，亦即確認了散曲在文體、風格、功能上的特徵。這兩項工作，建立了散曲學的文獻基礎，釐定了散曲學的術語體系，構築了散曲學的基本框架，從而結束了散曲與戲曲混沌不分的局面，標志著近代散曲學的成立。

第二部分敦煌歌辭研究，包括《敦煌曲校録》、《敦煌曲初探》、《敦煌歌辭總編》等著作。這些著作始於對《雲謡集雜曲子》的著録與考訂，擴大至於對全部敦煌曲子辭的整理與研究，最後成爲關於“在敦煌發現的、一切有音樂性的歌辭寫本”的研究集成。《敦煌曲校録》、《敦煌曲初探》完成了前兩步，其特點是針對五百四十多首敦煌曲子辭，把校訂考釋與理論研究分别爲兩書；《敦煌歌辭總編》完成了第三步，其特點是收録作品一千三百多首，“合歌辭與理論爲一編”。所謂“理論”，有一個重要項目是辨體，亦即把敦煌歌辭分别歸入隻曲、普通聯章、重句聯章、定格聯章、長篇定格聯章等體裁。經過這項工作，先生不僅提供了一批翔實可靠的音樂文學資料，而且提供了一個結構清晰的學術系統。

第三部分唐代戲劇研究，包括《唐戲弄》、《優語集》以及《唐戲述要》、《戲曲、戲弄與戲象》、《駁我國戲劇出於傀儡戲、影戲説》、《蕭衍、李白〈上雲樂〉的體和用》、《對王國維戲劇理論的簡評》等一批論文。其中《優語集》從表演者及其言論的角度，對中國幾千年戲劇史作了資料展示；《唐戲弄》則用細緻的論證，顯示了唐戲在脚本、戲臺、音樂、化妝、服飾、道具等方面的特徵，爲建立一部以演員和表演爲中心的中國戲劇史作了斷代示範。在先生的著作中，影響最大的也許就是這部《唐戲弄》。它打破“無劇本便無戲劇”的狹窄戲劇觀，重新確認了戲劇的本質；它衝擊以戲曲代替戲劇的舊習慣，既展示了戲劇形態的多樣性，也提升了戲劇研究的資料品質。中國的戲劇研究從此開了新途，從以文學爲中心轉變爲以表演爲中心，從一元的進化研究轉變爲多元的形態比較，視角和視野都有了很大改變。

第四部分唐聲詩研究，包括《唐聲詩》一書，也包括作爲資料準備的《教坊記箋訂》和作爲理論準備的一系列詞學論文。《教坊記箋訂》有兩個重點：其一考訂唐玄宗時期的教坊制度和人物事跡，其二考訂當時教坊所保存的 46 支大曲和 278 支普通曲子。後一内容，正好爲《唐聲詩》研究提供了資料基礎和認識基礎。《唐聲詩》是以配合燕樂曲調的齊言詩爲研究對象的。其操作方法是：先輯成唐代齊言歌辭約兩千首，從中提出曲調百餘名；次以相關記載排比溝通，建立理論；再據此理論重審各曲，著録一百五十餘調、一百九十餘體；最後從以上三者之間抉剔矛盾，相互改正，完成全書。在這項工作中，燕樂曲調既是理論與資料之間的交叉點，也是把握音樂與文學之關係的樞紐。以燕樂曲調爲綱領，既可以觀察詩與樂的多種形式的關聯，又可以觀察決定歌辭體式的音樂因素和表演方式因素。通過這種深入觀察，先生把詞調形成這一學術爭議問題提升爲對中古音樂文學的全面探討。

總之,以上四方面工作,都具有建設學術方向、轉變學術風氣的意義。

先生的學術生涯起始於 1918 年。此年他進入北京大學國文系,師從瞿安(吴梅)教授研治詞曲。1922 年畢業以後,他利用瞿安教授奢摩他室和南京江南圖書館的藏書,蒐集了大批散曲資料。1926 年至 1931 年,他在教學之餘,向學術界貢獻出《新曲苑》、《散曲叢刊》、《詞曲通義》、《曲諧》、《詞學研究法》等一批重要著作。這時他只有 34 歲,但他的學術生涯却形成第一個高峰,彰顯出重視實證、富於批判精神的個性,其具體表現則是重視原本不上大雅之堂的表演性文學,因而重視文學在社會生活中的多樣存在。這種個性事實上貫穿了他的一生。1950 年前後,他離開經營多年的漢民中學,在四川大學回歸學術。對於他的教育救國之理想來説,這也許是一個退求其次的選擇;但他的學術個性却因此而得以充分發揚。1951 年,他從詞學進入敦煌學,後來又把敦煌曲子辭研究擴展爲敦煌歌辭研究,事實上,這便是把面向作家文學(詞)的研究擴展爲面向社會各階層之文藝的研究。1955 年以後,他在好幾項工作上對王國維先生做了糾補,例如繼《優語録》之後編成《優語集》,變《宋元戲曲考》的戲曲研究而爲《唐戲弄》的戲劇研究。表面上看,這些工作的意義是資料範圍的擴大,而究其實質,却是藝術觀念的改變。比如,在《宋元戲曲考》那裏,衡量戲劇的標準是從宋元南戲、明清傳奇到京昆劇的主流戲曲系統,也就是同文人雅士生活相聯繫的表演藝術;而《唐戲弄》却更關注民衆生活中的藝術。依據這一觀念,先生提出了周有戲禮、漢有戲象、唐有戲弄、宋元有戲曲的主張。這個主張意味著,中國戲劇史實即若干戲劇形態相更疊的歷史;不同形態的戲劇有不同的社會功能,但它們具有同等的學術價值。

在近代中國,先生代表了一種不多見的人物類型。他曾經長期從事政治活動和教育活動,但學術却成爲他實現生命意義的最好方式。他到五十五歲才正式選定作爲學者的道路,但他由此改寫了學術史上的某種記録:讓寫作高峰出現在花甲之年,並使學術創造力延續到九十高齡。他一貫以獨立特行者的面貌出現在學術舞臺之上,研究作風和任何人都不相同。他全力以赴從事資料工作,却使這種零度風格的工作充滿熱情,成爲富於理論意義和人格力量的工作。他很少參加學術活動,一生都以邊緣人的身份"閉門造車",而這種情況却恰好成就了他的學術個性。作爲一個成功的學者,在他身上似乎隱藏了一些特殊的秘密。

秘密應當在於:他是把學術當作一種生存方式來看待的。他始終以奮發的態度進行學術工作,學術是他陳述生命的語言。如果説,真正的學者總是具有同學術合一的傾向,那麽,我們可以用"不平則鳴"、"激憤出詩人"的比喻,來解釋他投身學術活動的動力。

1919 年,他曾攜帶"五四"的風烈南下揚州,在二十四橋張貼了一批激揚的文字。這一姿態,也就是他走上學術舞臺的姿態。他把這一姿態保持到教育活動中;而當他的教育事業夭折之時,他又在全部研究工作中刻下了作爲批判者的印記。他懷疑聖人和經典,於是矚目於通俗文學。他崇尚"蒸不爛、煮不熟、捶不匾、炒不爆、響當當"的銅豌豆性格,於是弘揚具有豪放本色的北宋詞和元代北曲。他偏愛不入大雅之堂的文學,於是以極大熱情投入對這種文學作品的整理——早年是《一半兒》,晚年是敦煌曲子辭。他的目光不斷被具有平民色彩的事物吸引,於是越來越深地進入那些發生狀態的文體和文學現象。他輕視正統和權威:面對戲曲和戲曲研究的貴族化傾向,他提出飽含民間色彩的"戲弄"概念;面對詞學研究中的正變尊卑觀念和因之固定下來的"詩變而爲詞"的成見,他提出"唐代無詞"的主張和"曲一詞一曲"的文體演進綫索。他的工作不免有某種主觀性,但幸運的是,他所信奉的批判精神,作爲 20 世紀中國學術的寶貴建樹,天生地包含了某種科學傾向。所以他總是能夠敏鋭地認識對象的本質,找到最具前途的學術課題。此外,他始終不渝地倡導嚴正的爭鳴。他和幾位親密朋友的往來書信,均貫穿了激烈的學術爭論。他一生只具體地指導過一篇學位論文,他的指導意見也可以概括爲簡單的兩句話:"要敢於爭鳴——槍對槍,刀對刀,兩刀相撞,鏗然有聲。""震撼讀者的意志和心靈!"

事實上,先生的批判精神或反傳統精神不僅使他比同代人更加接近科學,而且,也使他更頑强地戰勝了逆境。20 世紀 50 年代以後,學術成了他砥礪意志、張揚個性的手段。他的生活軌跡表明：環境越是惡劣，他越能成功自己的學術。20 世紀 60 年代中期，作爲一個政治身份晦暗的古稀老人，他曾就敦煌曲子辭的校勘問題和創作年代問題，發起一場有中國臺灣潘重規、中國香港饒宗頤、日本波多野太郎等知名學者參加的國際大討論。這一事件，可以看作他對於當時環境的特殊反應方式。同樣，他也向自己所面臨的種種極限反復提出挑戰：總是按大禹治水的方式設計學術工作，在所研究的每一個課題範圍內，細大不捐地疏理全部問題；總是用竭澤而漁的方式搜集資料，上窮碧落下黄泉，不放過有關研究對象的蛛絲馬跡。他的學術具有堅實而强健的品格。

面對先生的學術業績，我們不免會去思考研究方法的意義。我們發現，方法其實是聯繫研究者和研究對象的媒介，是研究者的精神個性同作爲研究對象的資料品質的相互適合。先生的研究方法，也明顯表現了受制於個性與資料品質的特點。學術個性使他進入了一系列處女地，這樣一來，他勢必以最大力量來進行資料建設，採用資料工作與理論工作並舉的研究方法。他所處理的資料往往是非經典的資料，這樣一來，他勢必從文化角度或伎藝角度認識文學，採用社會史的研究方法。以文本爲中心的文學研究一旦讓位給以事物關係爲中心的文學研究，他又自然要把以書籍爲單位或以作品類别爲單位的文獻整理，轉變成以課題和問題爲單位的文獻考訂與理論總結。此外，課題和價值觀的更新，使他在敦煌歌辭校勘等工作中，採用了勇於按斷的治學方式。人們往往依照文獻學的常規對這一方式加以批評，却没有想到，它同樣有研究個性與資料品質方面的緣由——敦煌歌辭資料其實不是“典籍”資料，而是“文書”資料。它多爲孤本，往往殘缺，且由於經過口頭流傳以及由民間書手謄寫等原因，有大量不易死校的訛字異體。爲了取得一份可讀的文本，難免要根據訛别規律、名物制度、通假字音變的時代特點等知識，作較爲大膽的“理校”。這也就是清代校勘家所説的“考異”。這件事説明，先生工作中的種種不圓滿，是應當從積極角度來理解的。因爲它可能不屬於舊的學術範式，而包含某種前指意味，需要後續的開拓。

由於以上理由，今把先生的學術著述整理出版。本文集除副主編陳文和教授以外，其他整理者都是先生的弟子門生。其分工如下：

喻意志、吴安宇：整理《教坊記箋訂》；

楊曉靄：整理《唐戲弄》；

金溪：整理《散曲研究》；

曹明升：整理《散曲叢刊》；

許建中、陳文和：整理《新曲苑》；

王福利：整理《優語集》；

張之爲、戴偉華：整理《唐聲詩》；

樊昕、王立增：整理《唐藝研究》；

何劍平、張長彬：整理《敦煌歌辭總編》；

張長彬：整理《敦煌曲研究》；

李飛躍：整理《詞學研究》；

伍三土：整理《名家散曲》。

另外，本文集所用照片由鄧傑教授提供。

王小盾

2013年春分日

目　　録

南宋詞之音譜拍眼考

一 引 言

詞乃完全合樂之韻文，而其樂失傳已久，元以後即多不能歌，論者惜之。顧歌必有譜，譜必有拍；若有譜而無拍，除非散序、散曲子乃可，否則不能成樂也。且南宋詞之所謂譜者，與後世曲譜製度，不盡相同，蓋其譜字不僅表示音階高低而已，又另有表示聲音之遲速，及吹擫簫管之指法者，雜於其間。張炎《詞源》中有"管色應指字譜"，意乃"管色字譜"與"應指字譜"兩種之合稱也。管色字譜即表示音階高下者，五、六、工、尺、上等是也；應指字譜即表示指法遲速者，丁、抗、掣、拽、頓、住等是也。宋樂之全譜，自來知有《樂府混成集》一書。據萬曆三十三年所編内閣書目之紀載，此書"内有腔、板譜，分五音、十二律類次之，原一百二十七册全"。所謂"腔、板譜"者，應是腔字、板式二者兼備之譜也。可見此書若傳，則宋詞之音譜與拍眼如何，原皆不成問題。此書既佚，今所得見之詞譜，惟有姜夔《白石道人歌曲》一種而已，其中既無拍板之式，所謂管色字譜，與應指字譜者，又疑其混雜一處；而字跡波磔，數百年來，展轉翻刻，於描寫刊鑿之間，復因毫釐而至千里，以致今日用《朱子大全集》，或《詞源》，或《事林廣記》等書所以譯譜字者譯之，總難完全貫通，强被簫管，實拗戾不成腔韻，絶無張炎所謂抑揚抗墜，清圓流美者。蓋今日非有如《混成集》者完備之書，或其他清晰嚴整，正確統一之宋刊本歌譜，重新發現於當世者，詞樂之譜字，殆難以確定而明顯矣。然除却譜字與板式之外，固尚有音譜之説，與拍眼之説在，可供學者研究，譜字之翻譯既有所難通，不妨轉換趨向，先求通解其説也。按其説俱見於張炎《詞源》之内，即其他宋人之筆記中亦間有之，特甚少耳。後人於此，偶具疏解，尚少貫穿，且凡究詞樂者對之皆不甚注意。以愚綜合觀之，其説雖亦不能清晰正確，要其模糊影響之處，未必如譜字之甚。兹特以《詞源》爲主，以其餘爲輔，成此考略。明知單説不足以有爲，特冀譜字一旦修明，則可以互相爲用，而宋人詞樂，或者尚有通曉之一日，不必如清人許寶善、謝元淮輩，於無聊之極，一意以崑腔唱宋詞也。惟材料既少，又非知音，不免暗中摸索，捨譜倡説，徒事考證，終是紙上談兵，無多足取耳。世有牙曠，何不啓而正之?

二　總　説

欲考宋詞音譜與拍眼之説，最好僅限於南宋，因北宋情形如何，更鮮記載，是否與南宋全同，亦無憑證也。未考南宋詞樂之譜與拍，需先知南宋時詞之體類共有若干，即以之爲綱領，方覺便利，因詞譜與拍，固隨體而異者也。南宋詞類，共有九種：純粹屬詞者五，兼合古今之曲體者四。由短以及長，則一曰令，二曰引、近，三曰慢曲，四曰三臺，五曰序子，皆純粹詞體也；六曰法曲，七曰大曲，上繼隋唐之曲體者也；八曰纏令，九曰諸宫調，下開金元之曲體者也；——此九種名目，皆見於《詞源》論音譜與拍眼兩節内。三臺與序子，自來詞人皆一概目之爲慢詞，不知按諸拍眼，則二者與慢詞絶對不同，應另是兩體。法曲、大曲，嚮有王静庵先生之《宋大曲考》一文，久白於世。諸宫調於先生《宋元戲曲史》内亦多説明，惟纏令與纏達，乃唱賺之二種，先生認纏達爲傳踏，因其字音相近，恐並纏令亦認爲傳踏矣，其實非也。近人有署南吕者，有《詞調之研究》一文，載在舊日《時事新報・學燈》内(約在民國十年左右之報中，其詳待查)，謂"詞視拍節，可分多類，百字以内，有令有破、有引有近，九十字以外有慢"，則謬誤殊甚。蓋破乃法曲、大曲之唱名，《詞源》中"破、近"二字，曾一度聯稱，"破"字乃指法曲、大曲兩種而言，何能限之在百字以内？至於慢曲在百字以外，《詞源》亦有明文，九十餘字，未必是慢也。總之，若執今人而問以宋詞體類若干，必對曰令、引、近、慢耳，他非所習矣；其實令、引、近、慢，不過是尋常散詞，乃詞中最普通之一部分，若欲得詞體之全，終必依張氏之説，有上列九種也。

《詞源》原有上卷之《謳曲旨要》三十二句，及下卷之《音譜》與《拍眼》兩節。玆先就上列九體，係其説之可以分屬者，列表如下（編者按：見下頁），其爲數體間所共有之情形，或不便分屬者，則詳於下文之説明中。其非《詞源》原文所有者，則加括弧（ ）以分别之。

三　令

令爲唐五代時歌唱極盛之體，至南宋作者較少，歌者亦不重視，此乃詞樂變遷之所致也。九體之中，令之譜拍，獨鮮材料考明，惟《詞源·謳曲旨要》首句曰："歌曲令曲四掯匀。"謂"歌曲"者，乃《旨要》全部引起之辭也；謂"令曲"者，即指令之一體而言；"四掯匀"者，每首令曲，其節拍乃四掯排匀也。"掯"者，亦拍耳，與敲、打爲一類。凡譜中若另有拍，則此三者退而爲眼；不然，此亦即是拍耳。《旨要》曰："官拍、豔拍分輕重，七敲、八掯靸中清。"先言拍，繼言敲、掯，可見敲、掯乃次於拍而同於拍之舉動也。鄭文焯《詞源斠律》曰："掯近於打，猶虚拍也。"意亦相合，惟虚拍之名未妥。令之節拍，全部惟有四掯，若掯皆虚拍，則令之實拍何在乎？南吕《詞調之研究》内謂"令曲最短，節奏繁促，以掯分之，略住而已"。所謂節奏繁促，乃纏令，與令詞無關，南吕蓋誤認纏令爲令也；隱去張氏四掯之數不提，但含渾謂"以掯分"者，蓋别有躲閃，詳下文。

又所謂"四掯匀"者，乃指一片之中而言，若爲前後兩片之令，則無論换頭與否，前後各有四掯，而全首總爲八掯匀矣。張氏凡言各體之拍，皆指一首中之每一片而言，並非概指全首而言，參看下文。

四　引　近

引與近，兩名也，名雖異，其實相同。其命名之由，宋人無明文，清

名稱	創始時代	唱名	片數	樂器	拍具	聲音	音譜	拍眼
令	唐		（一或二）					四掯匀。
引近	唐	小唱	（二）	啞篳篥			有頓，不叠。	六均。
慢曲	唐	小唱	（大頭曲二） （叠頭曲三）	啞篳篥	以手拍	清圓	有大小頓、大小住，掣、拽等字頓不叠。	有打前拍、打後拍，前九、後十一；除去四豔拍，則前後八均拍。
三臺	宋		（三）					慢二、急三（共三十拍）。
序子	宋		四		拍板			其拍頗碎。
法曲	唐		與大曲相上下	倍四頭管	以手拍	清越	稱停緊慢，調停音節。	與大曲相類。散序無拍，歌頭始拍，中序正合均拍。
大曲	唐	曲破	（十至二十四）	倍六頭管	以手拍	流美	同法曲。	每片不同：前衮、中衮六字一拍，煞衮三字一拍。
纏令	宋	（唱賺）	（首尾成套）		拍板（鼓）			多用序子之拍。
諸宮調	宋	嘌吟説唱			手調兒（鼓）			

宋翔鳳《樂府餘論》内有所解釋，亦不愜人意，兹篇專考譜拍，此外不泛及焉。南宋之時歌者，最重法曲、大曲、慢曲，若引、近，不過輔佐之歌耳（《詞源》曰："法曲、大曲、慢曲之次，引、近輔之，皆定拍眼。"語意甚明，乃鄭文焯《詞源斠律》謂"輔之"二字，指著《詞旨》之陸輔之而言，不免可笑）。且對法曲、大曲而言，則引、近與慢，同爲小唱。凡小唱須唱得聲字清圓，以啞篳篥合之，其音甚正，用簫則不及，其説俱見《詞源》内。又引、近音譜中亦有頓聲，頓而不叠，與慢曲同，詳下文。

引、近之拍，與法曲、大曲内之入破同，每片六均。六均者，前後片中，各有六拍排匀，而共有十二拍也，參看下文慢曲之八均拍；《詞源》曰："引、近則用六均拍。"《謳曲旨要》曰："破、近六均慢八均。"是其説之所本也。詞調中有〔郭郎兒近拍〕、〔隔浦蓮近拍〕、〔快活年近拍〕等，所謂"近拍"，概指六均而言；調名之下贅此二字者，不過表明其屬近之體，而用近之拍，猶云某某令、某某慢耳。

五　慢　曲

慢曲唐時已有之，至宋方盛，至南宋極盛。《詞源》曰："慢曲不過百餘字，中間抑、揚、高、下，丁、抗、掣、拽，有大頓、小頓、大住、小住、打、掯等字，真所謂'上如抗，下如墜，曲如折，止如槁木，倨中矩，勾中鉤，纍纍乎端如貫珠'之語，斯爲難矣！"此其所云，乃慢曲音譜之情形也，在九體之中，最爲複雜，故張氏以爲難。"丁、抗、掣、拽"者，與"抑、揚、高、下"語性相同，皆陳相對之義，即丁之反面爲抗，而掣之反面爲拽也。惟此四字與下文之頓、住、打、掯，及此外之敲、反、折，共十一字，實皆音譜拍眼中之專門語。大概"打、敲、掯"三字以言拍之動作，而其餘八字，皆以言音之狀態，歌者必示之於喉，而吹者必應之於指者也。就中丁、頓、住、拽爲一類，乃音之遲者，抗、反、掣爲一類，乃音之速者，兹分訂如下，折則作別論焉。敲、反、折三事，《詞源》雖無明文屬慢曲，而慢曲中亦必有之，兹爲叙述便利起見，悉見於此。

丁、頓、住、拽。此四字皆言字之停頓，而音之延長也。《旨要》云：

“丁住無牽逢合六。”“丁”、“住”二字聯舉,可見其爲同類。“頓”讀平聲,一作“敦”,一作“墩”。《旨要》云:“大頓聲長小頓促(‘促’謂比較大頓爲促),小頓才斷大頓續。”原注云:“頓,都昆切。”而“丁”與“頓”乃音之轉,其實一也。故《事林廣記》載《遏雲要訣》,論唱賺之唱法,有曰:“欲有墩、亢、掣、拽之殊。”《旨要》又云:“頓前頓後有敲指,聲拖字拽疾爲勝。”又云:“反掣用時需急過,折拽悠悠帶漢音。”①明王驥德《曲律》載《樂府渾成集》林鐘商一調之目,其中有“丁聲長行”一項。元燕南芝庵《唱論》舉曲之各聲,其中有“敦聲”一項,又記歌之格調,其中有“敦拖嗚咽”一項。所謂“牽”,所謂“聲長”,所謂延長“悠悠”,所謂“聲拖字拽”,所謂“長行”,所謂“敦拖”,皆一義也,皆音之也。因延長之程度不同,於是有大頓、小頓、大住、小住之分。延長之程度,以當字多寡量之。當字之説,詳於沈括《補筆談》:“樂中有敦、掣、住三聲。一敦、一住(沈氏此所謂敦、住,乃張氏所謂小頓、小住也),各當一字;一大住當二字;一掣減一字——如此遲速方應節。”按沈氏之意原甚明白,掣乃聲之急處,將兩字之音長,併成一字;小頓與小住乃音之緩處,本字之音長以外,又延一字之長;大住則更緩,本字之音長外,又延二字之長。掣與大住乃兩極端,而小頓、小住,則居間也。

後人於此之解釋,可以稱述者有四家——方成培《詞麈》曰:“敦聲者,重抑按而徐也②;掣聲者,或輕或重,連抑按而疾也;住聲則在敦、掣之間,或一敦一住,或連掣而一住也。”揣其語意,視“住”爲“敦”與“掣”間共有之繼續動作,而不以“頓”與“住”並列,又解沈氏所謂“一敦一住”乃一敦之後,又有一住,並非一敦或一住。鄭文焯《詞源斠律》因其説,牽混糾繞,反不明白矣。《詞源斠律》釋“丁住無牽逢合、六”曰:“合字音濁,六字音清,同配黄鐘,而抗墜之音,相去太遠,故須以丁、住過度。無牽者,蓋謂不當字也。”此其解釋“無牽”之意,與上説合,惟過度之説,含糊不明,殊難取信耳。南吕《詞調之研究》中所釋,則大不然。伊目“丁

① 今校:“漢音”,原作“音漢”。今據清刻《詞學叢書》本《詞源》改。

② 今校:“徐”,原作“綜”。今據中華書局 1985 年版《叢書集成初編》本《香研居詞麈》改。

住"二字爲一事，乃大住、小住之外之第三種住，且謂用於每片之末。其言曰："丁住停聲當二字，經時最長，亦按一拍。此則在詞調前後闋末，與殺聲相合，故春水謂'大頓小住當韻住，丁住無牽逢合、六。'合、六是正宫殺聲，此舉宫調之首調以爲例，故云爾也。"按合、六確係第一宫調正黄鐘宫之殺聲，舉首調爲例，以概其餘，亦容或有之，殊見述者思想之穎悟；惟釋"無牽"爲"停聲當二字，經時最長，亦按一拍"，則太覺離奇；而略去大住(參看下文)，定出丁住，亦毫無根據。以上二家之説，各有短長，究竟如何，猶待考證也。又所謂頓與住者，乃一句之中，唱至某字而頓住，但延長其音，一時不連接吐出下字也；字雖頓住，而音實延長，與後世崑腔内短腔之頓住，顯然不同。乃近人王季烈《螾廬曲談》曰，今人唱曲，遇上聲字用"霍"，"霍"即古所謂頓音，與唱去聲字用"豁"者反。又曰，霍音乃上聲字，初唱稍高，即又轉腔落低也。欲短不欲長，一出即須頓住①。王氏指古所謂頓音者乃如此，豈非誤會乎？又《詞源斠律》中謂拽即周邦彦《瑞龍吟》調所謂雙拽頭之"拽"，因謂"拽宜用之曲中過片"，恐亦近於附會也。

大小頓、大小住之别，在大頓、小住用於句末叶韻處，而小頓、大住則用於句中或句末不叶韻處，因《旨要》有"大頓小住當韻住"一語，推想其爲如此也。南吕《詞調之研究》中謂"大頓多當句中韻，或節中韻"，全然不合，因大頓乃一調中常有之音，故張炎有"小頓才斷大頓續"之語，句中韻乃罕見之物，一調之中，那有如許句中韻以應大頓耶？至於所謂"節中韻"，則不知何指，節爲何物，亦莫名其妙也。又凡有纏聲之處，頓與住之爲用亦各别，因《旨要》有云"住乃哩囉頓唛喻"也②。又慢曲及引、近之頓處，其聲不叠，因《旨要》有云"慢近曲子頓不叠，歌颯連珠叠

① 今校：民國石印本《集成曲譜》本《螾廬曲談》第五章《論口法》云："俗云：去用豁，上用霍，入用斷。……霍者，即古時所謂頓音，適與豁相反。"又云："蓋上聲字固宜低起，然前一字如遇高腔，及緊板時曲情促急不能過低，則初出稍高，轉腔落低，而後再向上，亦肖上聲字面。其轉腔所落低音，即所謂頓音，欲其短不欲其長。與丢腔相倣，一出即須頓住。"

② 今校："唛喻"，原作"喻唛"。今據清刻《詞學叢書》本《詞源》改。

頓聲"也。鄭氏《詞源斠律》云:"頓必當字,叠但復其字中之聲;若叠、頓並用,斯字字輕圓,古人謂之'如貫珠'是也。"按如此云云,何謂當字,何謂復其字中之聲,愈説愈不明白矣。信如其説,叠、頓不並用,則不如貫珠而不輕圓,彼慢、近者,既頓而不叠,豈非無復輕圓如貫珠之望?試問張炎《詞源》内,又何以明言慢、近爲小唱,而其聲清圓歟?鄭氏蓋牽就"連珠"之字面,以爲解釋如此,其實未必然耳。

惟前引《旨要》有"頓前頓後有敲掯,聲拖字拽疾爲勝"二語,今歸納各方面之説,丁、頓、住、拽,實皆音之遲者,何以"聲拖字拽"又以"疾爲勝"?其語意何屬,抑有訛字,亦待考者也。

抗、反、掣。此三字皆音之急者也。《旨要》云:"抗聲特起直需高①,抗與小頓皆一掯。"鄭氏《斠律》云:"抗聲無依附而起,故宜高,所謂'上如亢'也。與小頓皆一掯者,一頓當一字,抗聲壓字而起,聲出字上,故皆以一掯收本字之音也。"按抗既與小頓同當一掯,故知其音不但高,而且急。又南吕《詞調之研究》内,謂"調中過處,聲音高起,是爲抗聲"。過處即前片既完,後片開始之處,其聲音何以必定高起?抗聲何以必定限在此處?實不可解,且亦不知其何本。掣之義已明於上文所引《筆談》,"一掣減一字"是也。減一字乃二字音長減剩一字,一字音長衹當半字,其音自急,故《旨要》曰"反掣用時需急過"也。惟反與掣之分别,不知又在何處。《事林廣記》卷九紀音樂,有所謂《總叙訣》者,前四句曰:"折聲上聲四位②(此'上聲'之'聲',恐係訛字③),掣聲下隔二宫,反聲宫閏相頂,丁聲上下相同。"折、掣、反、丁,四聲既經分别,可知《旨要》所謂"反掣",並非一聲,乃反與掣兩聲也(此四句未詳來源,朱載堉《律吕精義》引之④,原文未及檢。方氏《詞麈》又引《精義》,而謂"丁聲未

---

① 今校:"特",原作"突"。今據清刻《詞學叢書》本《詞源》改。

② 今校:"折",原作"抑"。今據日本元禄十二年翻刻元泰定二年刻本《事林廣記》改。

③ 今校:"上聲",元禄十二年和刻本《事林廣記》作"上生"。

④ 今校:"朱載堉",原作"鄭焴"。按,叢書集成初編本《香研居詞麈》引《總叙訣》時稱其爲"鄭世子",即鄭王世子朱載堉也。今據明萬曆鄭藩刻增修本《樂律全書》改。

解”。按方氏前已解敦聲、住聲，此獨未解丁聲，其未貫通也如此）。《廣記》又載《寄煞訣》曰：“土五、金水八，木六火無憑。輪頂兩斯頂，折、掣四相生。譜中無亂筆①，敦指依數行。”（“敦指”之“指”，恐係訛字）凡此所以釋反聲之如何相頂，折、掣之如何相生，以及釋丁與敦者，皆未明其説，亟有待於知音者之疏證也。

折。折之爲義，在詞樂音譜中有三説，因所見材料尚少，於三説明知其必貫通，而仍有所未明，故僅陳其説，有待知音者加以論斷也。上文所引《事林廣記》語，以折與掣、反、丁三聲並立，其《寄煞訣》中且謂“折、掣四相生”，是折有同於掣者也；《謳曲旨要》又謂“折、拽悠悠帶漢音”，是折又有同於拽者也；足見折之作用，兼有於緩急二類聲音之間，此第一義也。姜夔《白石道人歌曲》於《越九歌》後，載有《折字法》曰：“篪、笛有折字。假如上折字，下‘無’字，即其聲比‘無’字微高；餘皆以下字爲準。金、石、弦、匏無折字，取同聲代之。”此所謂“折”，乃折向高處者，第二義也。《詞源》與《事林廣記》之《結聲正訛》一節内，共分六條，其中有“折”、“不折”、“折而下”、“微折而下”云云者凡五條；沈括《補筆談》曰：“合字無折一分，折二分，至於折七八分者，皆是舉指有淺深，用氣有輕重。”此所謂折，皆折向低處者，第三義也。第二義不觀實例無以明，兹録《越九歌》内《龐將軍》及《蔡孝子》二歌之末章如下。《越九歌》雖爲古樂府而非詞，然爲其譜字未用符號，明白無訛，兹特藉以明折字之情形耳。

南 應 折字 應 蕤 林 南 應 南 太清 太 姑 折字 姑
爾 澤 毋 三，爾 煦 毋 五。益 嚴 祀，其 終 古！

按：益字，譜通行本作“林”。兹從影宋本改爲“南”。

無 太清 黄清 無 林 夷 無 無 夷 林 仲 大 夾 仲 夷 無
爾 鳴 荷 兮 風 入 葦，若 伊 優 兮 泣 未 已。率 我
太清 黄清 無 仲 夷 黄清 無 夷 折字 無
子 兮 與 弟，屋 陽 阿 兮 招 爾。

---

① 今校：“筆”，原作“字”。今據元禄十二年和刻本《事林廣記》改。

《蔡孝子》乃《九歌》之末一篇，其後即載《古今譜法》與《折字法》，姜氏特引上文之較近者爲例，故曰如"招爾"二字之譜，上折字，下"無"字，即"招"字之聲，比"爾"字之聲"無射"微高也。蓋凡折字者，其聲皆以下字爲準，如"毋三"二字，"毋"字譜之折字，乃以"三"字譜之"應鐘"爲準，"終古"二字，"終"字譜之折字，乃以"古"字譜之"姑洗"爲準也。"爲準"者，非相等之謂，乃比較微高之謂也。

姜氏所謂"下無字"，此"無"並非"有無"之"無"，乃"無射"之"無"，《古今譜法》中所謂"無乃兀"是也①。乃方成培認作"有無"之"無"，而於第二、第三兩義，强作貫穿曰："或問培：何以謂之'上折字下無字'？答曰：一字折至七八分，是此一聲低到極處，不復能低，故曰'下無字'也。即其聲比無字微高，餘皆以下字爲準，是又斟酌逐漸高上去也。此正抗墜抑揚之妙。"按此説後三句最爲含糊不明，上數句則甚覺可笑。折字之下，既然無字，此折字必屬每片之末一字，所謂殺聲者必矣，一片之末字，其發聲乃低到極處，不過比無聲微高而已，豈非異事！所謂"微高"，有何標準？若唇吻略動，細作啞聲，亦可謂之比無聲微高也，顧詞之殺尾，乃有作極細微之啞聲，全調即如此以闋者，古今歌樂，乃有如此之怪唱法耶？鄭文焯《詞源斠律》全用其説，亦曰："蓋謂一字折至七八分，其音不復能低，故曰'下無字'，又漸高以起下字之聲②，故曰：'以下字爲準。'"又曰："折宜用之曲破尾聲，有一分折二分，至折七八分者，白石旁譜可辨。"按驗諸白石旁譜，内有折字則可辨，每折字究竟折至幾分，則絕對不可辨。且凡折字之下面皆有字，無一無字者，因折字多在每詞前後闋末字之上一字，前後闋之末字，即其下面之一字也。據此，姜字所謂"下無字"之"無"，實屬不能解作"有無"之"無"矣。再如前舉折字之例，"終古"之"終"、"招爾"之"招"，雖位在每片末字之上，若"毋三"之毋，則且位在首句之内也；即姜氏其他令、慢之譜中，折字不在末句者，亦每每見，則鄭氏所謂"宜用之曲破尾聲"者，亦不離耳。

南吕《詞調之研究》謂："譜中（參看後文之《秋宵吟》譜）有曰掣折

---

① 今校："兀"，原作"下凡"。今據清乾隆江都陸氏本《白石道人歌曲》改。

② 今校："高"字原缺。今據清光緒《書帶草堂叢書》本《詞源斠律》改。

者，乃使曲聲緩急之用。掣處皆減一字，折處皆延一字。”夫掣之減一字，已如上文所云，若折之延一字，不知何所見而云然也，上列折之三義之外，此爲第四義矣。

折在《詞源》所載《管色應指字譜》中有符號，但與“上”之譜字極相似，於《白石道人歌曲》令、慢各調之譜中辨之，則此項符號之旁，十九另有一“凡”字符號相隨。夫既有“凡”爲譜字，則何所用其又作折字？且折於七種管色字譜中，何以又獨與“凡”字相輔成譜者多？皆不可解。再則“凡”之譜字，又與“打”之符號相近，折字固無與“凡”字合譜之理，更無與打合譜之理。論符號則有兩種，究竟折歟？“上”歟？“凡”歟？打歟？非折非“上”、非“凡”非打歟？皆難訂正。於此亦可見譜字實不易整理，難得貫通也。

以上考慢曲之音譜，以下考慢曲之拍眼。

《詞源》曰：“慢曲有大頭曲、叠頭曲，有打前拍、打後拍，拍有前九、後十一，内有四豔拍。”又叙序子之拍，謂“繩以慢曲八均之拍不可”，又《謳曲旨要》有“破、近六均慢八均”一語①。此其所述，有不能確實明瞭者，打前拍、打後拍是也，有各種解釋不同者，八均之拍是也。兹分别論之：

揣張氏詞意，先言慢曲有大頭、叠頭二種，既言慢曲之拍有打前、打後二種，豈彼此之間，有何種密切之關係在歟？何謂大頭、叠頭，宋人自來無明文，惟《謳曲旨要》有曰：“大頭花拍居第五，叠頭豔拍在前存。”可以略得二者之區别。按花、豔二拍，同爲官拍以外之輔拍，猶崑腔中正板以外之贈板，此乃一定無疑者，至於花、豔之間，恐無甚歧異也。所謂“居第五”，《詞源斠律》釋謂“花拍用之大頭曲中則宜後”，蓋以居後與豔拍之“前存”相對也，語近敷衍，未足注意。惟何謂“在前存”，則頗可借《斠律》之釋叠頭者，相互以明。《斠律》曰：“周邦彦《片玉詞》注有雙拽頭，猶叠頭曲之類。”此語誠合，蓋大頭曲乃普通兩片之慢，而叠頭曲乃雙拽頭或三换頭三片之慢也。“前存”者，豔拍存於三片之前兩片中也。

大頭、叠頭，義既如此，打前、打後，義又何屬乎？江藩《詞源》跋曰：

---

①　今校：“六”，原作“公”。今據清道光刻《詞學叢書》本《詞源》改。

“花十六、前袞、中袞、打前拍、打後拍者，乃今之起板、收板、正板、贈板之類。”揣其意，蓋謂打前拍乃起板，而打後拍乃收板也。惟起拍、收拍，事極簡單，而打前、打後，則張氏鄭重言之，含義恐不止於起拍收拍也。《詞源斠律》曰“敲、掯施之頓前後，猶拍之有打前後”，其説似亦難通。蓋頓前後有敲、掯，乃聲音延長處前後有眼也，打前後有拍，乃眼前後有板也，彼此性質不同，難以相“猶”。若如鄭氏此語，是頓亦類於打、敲、掯之如拍眼者矣，可乎？南吕《詞調之研究》曰：“慢、近曲調，皆大頓、小頓相間而有，故無叠拍之處。每闋起處，或先打後拍，或先拍後打，故有打後拍、打前拍之别。”揣其意，蓋謂二者皆所以定起板之情形，與江藩説相近而有别。然板與眼相間而有，自屬常情，打前有拍，或拍前有打，都不足異，即每闋起處先打後拍，或先拍後打，似亦無需多立名目也。且拍主而打輔，猶之板主而眼輔，若於拍之前後以定打，其事自順，若於打之前後以定拍，得毋反輔爲主，而反輕爲重乎？竊疑此所謂“打”，猶“按拍”之“按”，乃動詞而非名詞，並非指“打、敲、掯”之“打”而言；所謂“前”與“後”，疑是大頭曲兩片之前後，或叠頭曲内前兩片與後一片之前後，與上文張炎所謂“前九、後十一”之“前”“後”相同也。凡慢曲之兩片或三片中，按拍情形，前後不同，如“前九、後十一”、“花拍居第五”、“豔拍在前存”等皆是，故當時對於慢曲之拍，或分兩段打去，打前段之拍則言“打前拍”，打後段之拍則言“打後拍”也。特江説、鄭説、南吕之説，固皆令人不滿，即此説亦同爲臆測，未必可靠，究竟如何，尚待考證耳。

顧打前拍、打後拍雖不明瞭，尚不要緊，以其並非慢曲拍節之主要説明也。慢曲拍節之最要者爲“前九、後十一，内有四豔拍”，與“八均之拍”兩層。兩層意義，自當一貫，而自來考釋者每每略去上一層不談，專釋八均，殊失當也。綜其説有彼此不同者四：

（一）“八均”乃八字一拍説。此説鄭文焯《詞源斠律》内主之，其言曰：“六均者，六字一拍，所謂‘前袞、中袞六字一拍’也；八均者，八字一拍，慢曲字多於引、近，其音悠緩，元戚輔之《佩楚軒客談》紀趙子昂説，歌曲八字一拍。”按鄭氏此説，未曾求貫通於張氏“前九、後十一”一語，是其失也。蓋按之此語，倘凡慢曲皆八字一拍，則凡慢曲前片必限七十二字，後片必限八十八字，而全首總限一百六十字矣，事實上果如此乎？

或於前九、後十一中，除去四豔拍，祇餘十六拍，而謂慢曲皆限一百二十八字又可乎？張炎既説明慢曲正拍十六，豔拍四，總爲二十，則吾人於八均拍即斷難認爲八字一拍矣。法曲、大曲之拍節，與令、引、近、慢迴然不同，不能因張氏謂法曲、大曲之前袞、中袞六字一拍，遂援用之，來釋引、近之六均拍即六字一拍，更推而及於慢曲之八均拍亦即八字一拍也。竊疑張氏正所以明其不同，惟恐牽混，故一則曰“六字一拍”，一則曰“六均拍”；不然，使二者果然相同者，何不前後概稱“六均拍”或“六字一拍”歟？《佩楚軒客談》所云，方成培《詞麈》卷三亦引之，鄭氏或即轉引自《詞麈》，亦未可知，原書愚未見也。《詞麈》曰：“元戚輔之《佩楚軒客談》紀趙子昂説：‘歌曲八字一拍，當云樂節，非句也。夫樂不同拍板，以鼓爲節。’戚云：‘當改曰板與鼓同節尤佳。’觀此，知元曲以八字爲一拍，板以鼓爲節，此語甚精。”此一段文字中，有趙氏語，有戚氏語，有方氏語，殊欠分明，兹姑爲標點如此。然藉令元曲確以八字爲一拍者，殆亦難以之例南宋慢詞，因元曲乃北曲，用弦索，勁切而促，南宋慢詞近於南曲，用簫管，柔遠而緩，二者時代上前後相續，聲樂上普通情事，容多沿襲，若拍節一層，恐難相同也；而況戚書、趙説，均未得其詳，僅僅據此，即認元曲爲八字一拍，究竟有無訛誤，尚是疑問耳。

（二）“八均”乃“八韻”，每韻二拍説。此説南吕《詞調之研究》内主之，兹先引其原文，然後與以評論：

> 令曲最短，節奏繁促，以掯分之，略住而已。引、近皆分六均，慢分八均。沈義父云：“詞腔謂之均，均即韻也。”今觀引、近詞多六韻，慢詞多八均可知（破同於引，今不別説）。每韻兩拍爲常式，故引、近前後共十二拍。有時一均二拍之前，更增一拍或數拍，是爲豔拍，蓋取古曲前有豔聲之意。又慢曲别有大頭曲、叠頭曲之二種，大頭曲第五韻即過起處，有花拍。王灼云：“花拍蓋非其正也。”今觀諸慢曲，過處多有句中韻（此常爲二字讀，如少游《滿庭芳》過云“消魂當此際”，“魂”即句中韻。近人昧於聲律，遂以字斷句，實大非），沈義父謂當按拍，此當第五韻，又在應有二拍之外，或即是花拍也。叠頭曲均前有豔拍，其詳無考。宋人筆記謂慢曲更有前

九、後十一拍者，内即有四豔拍，疑此即叠頭曲也。

此段中所述，根源實皆在張炎《詞源》内，而作者並不叙明，僅於結處指爲宋人筆記。其所以如此者，殆即因其所立之説中，於“前九、後十一”一語，未能貫通，不便明引《詞源》原文，或説明即根源於其分也。且其首叙令詞之拍眼，亦略去張氏“四掯匀”之全説，而僅含糊其詞曰“以掯分之”，皆爲欲自圓其説，遂不恤隱蔽古人意旨，此其態度，首欠忠實矣。綜其所述，蓋有下列六點：

（甲）“六均拍”乃“六韻拍”，“八均拍”乃“八韻拍”。

（乙）引、近全首多六韻，慢詞全首多八韻。

（丙）每韻二拍爲常式。

（丁）大頭曲乃慢詞過片處之有二字叶韻者也。此項二字叶韻處，衹能視爲句中韻，不能斷句。

（戊）張炎所謂“大頭花拍居第五”，乃第五韻，並非第五拍。

（己）前九、後十一僅限於叠頭曲。

此六點中，（甲）爲主，（乙）（丁）輔之，無（乙）（丁）則（甲）甚且不能成立。（丙）不知何所根據，當由推想而定之如此。（戊）與（己）均曲説，矯揉造作，更難取信。按沈伯時《樂府指迷》曰：“詞腔謂之均，‘均’即‘韻’也。”蓋謂均乃詞腔，凡詞腔各有其韻致、韻味、風韻，故曰“均即韻也”。沈氏謂韻之義如此，並未謂即句末叶韻之“韻”；不然，腔韻見於各字之工尺音譜，叶韻見於一句之末字諧聲，截然兩事，未可牽混，沈氏何能並爲一談？《詞源》又有曰：“蓋一曲有一曲之譜，一均有一均之拍。”即謂每一詞腔，有一詞腔之拍也。姜夔《淒涼犯》序末云：“使以啞觱栗吹之，其韻極美。”①即謂其詞腔之韻致極美，沈氏所謂“均即韻也”之例也。沈氏之説，應本於蔡絛《鐵圍山叢談》。《叢談》曰：“樂曲凡有‘謂之均’、‘謂之韻’，均也者，宫、徵、商、羽、角，合變宫、變徵爲之，此七均也。……韻也者，凡調各有韻，猶詩律有平仄之屬，此韻也。”凌延堪《燕樂考原》曰：

① 今校：“啞觱栗”，原作“啞觱栗角”。今據清乾隆江都陸氏本《白石道人歌曲》改。

"案《説文》無韻字,均即韻也。蔡條所謂均者,即燕樂一均七調者是也;所謂韻者,即各調所用之高下字譜也。字譜高下,本由於平、上、去、入四聲,故曰'猶詩律有平仄'。"此二家説,謂均是七調,韻是詞腔,雖與沈説均、韻同是詞腔者小異,而所謂韻之意義,並非句末叶韻之韻,則三家皆同也。據此,(甲)條之意,實根本不能成立矣。再則縱觀諸詞調中,引、近不止六韻,慢詞不止八韻者,不知凡幾,而爲六韻、八韻者,實居少數。他勿論,即就南吕原文内所舉之二例以觀,姜夔《秋宵吟》(全詞見後)前片,"皎"、"悄"、"曉"、"葆"、"表"、"草"六韻,後片"老"、"繞"、"早"、"杳"、"了"五韻,共十一韻;《疏影》前片"玉"、"宿"、"竹"、"北"、"獨"五韻,後片"緑"、"屋"、"曲"、"幅"四韻,共九韻,其中且皆無(丁)條所謂二字句中韻在内,已可知(乙)條八均即八韻之説,亦無以通過也。況詞調中换頭處以二字叶韻者甚多,若衹視作句中韻,而不算句末韻,其全首韻數,即恰巧爲八者則甚少,而换頭二字既已叶韻,按照文義,有時固可斷句可不斷句,有時却非斷句不可(如姜夔《霓裳中序第一》"幽寂,亂蛩吟壁"。"寂"字若不斷,則一句之中,文意矛盾矣),宋人亦從無明文謂不必斷句,此(丁)之爲説,亦未必確當也。且(乙)如果成立,慢詞前片衹限四韻,此後片换頭二字叶韻者方輪在第五,若(乙)既不成立,則此處何由見其爲第五?更何由見"大頭花拍居第五"乃第五韻,而非第五拍?而换頭具有此項二字叶韻之慢,又何由見其即爲大頭曲?故(乙)既推翻,(丁)(戊)亦隨之同廢矣。更揣(丙)(己)之意,拍隨韻以增減,而一韻必係兩拍,故八韻爲十六拍,换頭處多一個句中韻者,必增出二花拍,則增入四豔拍爲前九、後十一者,其爲十韻必矣,所謂"前九"者爲四韻半必矣,"後十一"者爲五韻半必矣,夫拍數固不妨成單,試問韻數果如何有半耶?不然,每韻二拍,又何得謂之爲常式哉?故(丙)(己)兩條,亦殊難憑信也。

(三)"八均拍"乃一板七眼説。此説近人童伯章先生《中樂尋源》内主之,謂:"慢曲之拍八均,蓋即一板七眼之説也。"[1]按,一板七眼,即正

① 今校:"慢曲之拍八均",原作"慢曲之八均"。今據臺北學藝出版社 1976 年版《中樂尋源》改。

板之一板三眼，再加贈板之一板三眼也，詞中豔拍即贈板，則所謂一板七眼者，於張氏“前九、後十一，内有四豔拍”二語，又作何貫通之解説乎？《尋源》又謂“引、近用八均拍，有似乎西樂之六拍子”，蓋視“均”之非“韻”，而爲“均勻”之“均”，是已與下一説相同者也。

（四）“八均”乃前後片八拍均勻説。此説乃愚之所揣度者也。按第二説獨認“均”爲“韻”，勢不可通，第一、第三説皆已認“均”爲均勻之意，特所均者，或在字數間，或在拍眼間，若此説所均者，則在前後片間也。三説之短，同在未曾求通於“前九、後十一，内有四豔拍”二語，此説則全從此二語出。蓋第二説之每詞八韻，與每韻兩拍，雖不可靠，而普通慢曲之官拍之數，僅限於十六，則確實無疑。王灼《碧雞漫志》卷四曰：“又有大石調《蘭陵王慢》，殊非舊曲。周、齊之際，未有前後十六拍慢曲子耳。”慢曲子爲前後十六拍，與張氏“前九、後十一，内有四豔拍”二語，吻合無間，然後知前九、後十一，前後共二十，内有四豔拍，除去之則爲十六官拍；且有四豔拍於前後片中，其多寡配搭不勻，方成前九、後十一之參差之勢，若除去豔拍，祇餘官拍，則前後均勻，各有八拍，故曰八均拍也。因得演八均拍之式如次：

（前 9＋後 11－4）÷2＝8

因知所謂“前九、後十一”者，乃專指普通前後兩片之慢而言，即專指大頭曲而言，恰與第二説之（己）條，謂專指叠頭曲而言者相反。“大頭花拍居第五”者，其“前九”之中，第五拍爲贈拍，餘八拍皆正拍，其“後十一”之中，第五拍以下之七拍内有三贈拍，而其前四拍，則皆正拍也（惟此一層尚欠證據）。“叠頭豔拍在前存”者，所有四贈拍俱存於前二片中，連正拍共十二拍，若後一片内，則無一贈拍，淨存八正拍也。且所謂“均拍”者，固不止慢曲八均之一種矣：在法曲、大曲各片中，則有九均之拍，如《花十八》是也；又有六均之拍，如入破是也（俱見下文法曲、大曲一節）；在引、近則爲六均之拍，即前後片各六拍也；在令則爲四均之拍，即所謂“四掯勻”，前後片各四拍也。——凡此皆前後各説之可以貫通者也。

打前拍，打後拍，前九、後十一，四豔拍，八均拍等等，皆所以言拍也，拍之外尚有眼，則打、敲、揞三者是也。《詞源》云："若唱法曲、大曲、慢曲，當以手拍。"夫拍節既皆用手，然後"打"、"敲"、"揞"等從"手"之字遂以爲名矣（南吕《詞調之研究》中先有此説）。此三者實際動作上，恐無甚區别。若唱令與引、近，當亦以手拍，張氏雖無明文，據令用四揞勾，引、近用六均拍兩層，已可以知矣（凡絶對不用均拍者，方用拍板爲節，參看下文）。至於令較簡單，故單揞一種，已足應用，若引、近則除六均拍外，應亦與慢曲等同有打、敲、揞之諸眼以爲輔也。

以上分考慢詞之音譜與拍眼，以下合考二者間之關係。

音譜八種——丁、頓、住、拽、抗、反、掣、折，與拍眼各種——官拍、豔拍、打、敲、揞，彼此配合之情形如何，不得其詳。觀於《謳曲旨要》中四語"大頓聲長小頓促"，"小頓才斷大頓續"，"頓前頓後有敲、揞"，"抗與小頓皆一揞"略可得其綫索。蓋小頓既爲一揞，則大頓或爲兩揞，一揞才斷兩揞續，再領以一拍，豈非儼然今日崑腔内之一板三眼乎？其有四豔拍之處，若亦有打、敲、揞隨之者，又豈非果成一板七眼之情形乎？

自來於宋詞音譜之結構，無寫定其式者，惟南吕《詞調之研究》一文内曾有之。蓋其式依據七點而造成：（一）慢詞前後兩片，每片四韻；（二）每韻二拍；（三）有小頓、大頓、小住，而無大住；（四）别有"丁住"一種，用在每片之尾；（五）抗聲用在後片之首；（六）打後拍乃先打後拍；（七）揞即是打。此七點中，除末一點外，其餘皆靠不住，上文已逐一駁過，其所列之式，亦完全靠不住，更何待言！惟式中能將音譜、拍眼列出關係，以各見其用，則大足啓發研究者之思想，雖所列不足信，要亦不妨存而備考也，因録之如次：

小頓（打）大頓（第一均第一拍）小頓（打）小住（第一韻第二拍合起韻）

小頓（打）大頓（第二均第一拍）小頓（打）小住（第二韻第二拍合叶韻）

小頓（打）大頓（第三均第一拍）小頓（打）小住（第三韻第二拍合叶韻）

小頓(打)大頓(第四均第一拍)小頓(打)小住(第四韻第二拍合叶韻殺聲前半闋終)

抗(打)大頓(第五均第一拍)小頓(打)小住(第五均第二拍合叶韻)

小頓(打)大頓(第六均第一拍)小頓(打)小住(第六均第二拍合叶韻)

小頓(打)大頓(第七均第一拍)小頓(打)小住(第七均第二拍合叶韻)

小頓(打)大頓(第八均第一拍)小頓(打)丁住(第八均第二拍合叶韻殺聲曲終)

觀於此式,不但韻限於八,拍限於十六,且小頓限於十五,大頓限於八,打限於十六,小住限於六,丁住限於二,抗限於一,毋乃太呆板!《謳曲旨要》中所紀各項,果如此乎? 南宋慢詞事實上果如此乎? 再則八均既然即指八韻而言,何所用其於叶韻之處,又贅"合起韻"、"合叶韻"? 至於大住一項,因没處安插,遂强爲擱起,不提一字,尤覺無理也。此式作者説明是屬於打後拍者,若打前拍者又如何,則亦略而未提。此式之後,又繼列姜夔自製調二種,以證其説,兹引其一如下:

《秋宵吟》譜(慢調、越調、殺聲"六")

凡(掣)工尺(打)合一尺(拍)工凡(打)工尺勾(折)尺(拍小住)
古　　簾空,　　墜月皎,　　坐久　　西窗人　　悄。
一(掣)四合(打)一尺工五六(拍)凡(掣)六(打)五六(拍小住)
蛩　　吟苦,　　漸漏水丁丁,　　箭　　壺　　催曉。
凡(掣)工尺(打)合一尺(拍)工凡(打)工尺勾(折)尺(拍小住)
引　　凉颸,　　動翠葆,　　露脚　　斜飛雲　　表。
一(掣)四合(打)一尺二五六(拍)凡(掣)六(打)五六(拍丁住)
因　　嗟念　　似去國情懷,　　暮　　帆　　煙草。
工(折打)凡(折)工(折)凡(折拍)一尺工(打)一四合一(拍小住)
帶　　眼　　銷　　磨,　　爲近日　　愁多頓老。

尺工勾一(打)尺工五六(拍)工凡(打)六(折)五六(拍小住)
衛娘何在，　宋玉歸來，　兩地　暗　縈繞。
工六(打)凡(掣)工尺(拍)一尺工尺(打)一四合一(拍小住)
摇落　江　楓早，　嫩約無憑，　幽夢又杳。
一工尺(打)一凡(掣)工尺(拍)五六凡五(打)尺工六(拍丁住)
但盈盈　淚灑　單衣，　今夕何夕　恨未了！

觀於此譜文字，前後共十一韻，但拍數仍前後十六拍。除韻脚各占一拍外，共餘五拍，安置於“丁”、“懷”、“磨”、“來”、“衣”五字，與上文八均拍第二説作八韻解者雖未能合，而與第四説作八匀解者轉相合，惟其間尚缺四豔拍耳。每拍之前，各有一打，打皆小頓；每韻之中，第一拍即大頓，第二拍爲小住，兩結拍爲丁住——凡此皆與前列之式相合者也。惟“小住”、“丁住”字樣既未略去，何以“小頓”、“大頓”字樣獨行略去？不可解者一；前式换頭處用抗，此式何以忽改用折？不可解者二；此式較上式所增出者，爲八掣與七折，其數目與位置，又如何定訂？不可解者三。若謂根據於姜氏原譜歟？則原譜今日俱在，所謂“掣”與“折”者，譜中固無一毫影響也。至於其他譜字，尚多待考訂處，因整理譜字，不在本篇所討論範圍之内，不贅及焉。

總之，運用音譜、拍眼之説，以列出音譜、拍眼之式，其旨極是，其事極要，惜乎今日所得知之説，尚屬破碎不完，未曾十分明白，不足以成式；況南吕於諸説多所武斷與不根之解，其所列不確，蓋無足怪矣。惟愚一人於其所撰之觀察如此，且無力爲之訂正，他人對之，或别有見解，别有領會，亦未可知；要之，其所列各式，於此項研究之中，確有供獻，並非無用，故爲援引於此也。

六　三　臺

三臺本爲唐教坊曲名，六言四句。《唐音統籤》云：“唐曲有《三臺》、《急三臺》、《宫中三臺》、《上皇三臺》、《怨陵三臺》、《突厥三臺》。三臺爲大曲[①]。《樂苑》云:‘唐《三臺》羽調曲[②]。’”一名《開元樂》,一名《翠華引》[③]。《詞律》云:“平仄不拘,所賦不論何事,詠宫闈者即曰《宫中三臺》,亦名《翠華引》,亦名《開元樂》,詠江南者即曰《江南三臺》,又有《突厥三臺》。其長調則爲宋人所撰,而襲取其名。”按宋人所撰者,有万俟雅言之三叠百七十一字體,恐即就唐調中之《急三臺》一種,轉變而出者也。李濟翁《資暇録》云:“三臺,三十拍促曲名。昔鄴中有三臺,石季龍常爲宴遊之所,而造此以促飲。”[④](馮鑑《續事始》曰:“漢蔡邕三日之間,周歷三臺,樂府以邕曉音律,爲製此曲。”劉禹錫《嘉話録》曰:“鄴中有曹公銅雀、金虎、冰井三臺,北齊高洋毁之,更築金鳳、聖應、崇光三臺,宫人拍手,呼上臺送酒,因名其曲爲《三臺》。”此二則尤可考見《三臺》命名之淵源)。張表臣《珊瑚鉤詩話》云:“樂部中有促拍催酒,謂之《三臺》。”張炎《詞源》則謂三臺乃慢二急三拍(詳下一節内)。李、張、張三家所云,彼此正合,必皆指此三叠百七十一字之三臺而言也。三叠中前後字數、句法完全相同。三叠三十拍,其爲每叠十拍可知矣。每叠十拍之中,疑又分爲兩節,每節五拍,慢二而急三。所謂“急”,所謂“促”者,即全因有此急三之拍也。而統計全詞三十拍中,慢拍應有十二,而急拍應有十八焉。夫慢之所以得名者,爲其節拍完全緩慢也,三臺之拍,慢拍僅五分之二,而急拍有五分之三,當然非慢曲所能强同矣。更考《樂府混成集》林鐘商目,《三臺》列於慢曲子之外,元燕南芝庵《唱論》内“歌聲變件”一條曰:“有慢、衮、序、引、三臺、破子、遍子、攧落、實催、全篇、尾聲。”足見三臺確係另一種歌法,而非慢曲之所可包括者也。

---

① 今校:“三臺”,清内府本《唐音癸籤》卷十三“唐曲”條所列除文中諸類外,尚有《江南三臺》一種。

② 今校:“羽調曲”,原作“羽衣曲”。今據清内府本《唐音癸籤》及明汲古閣本《樂府詩集》改。

③ 今校:本段中原將“唐曲有《三臺》”至“三臺爲大曲”一段當作《唐音統籤》語,將“唐《三臺》羽調曲。一名《開元樂》,一名《翠華曲》”當作《樂苑》語。今據清内府本《唐音癸籤》改。

④ 今校:明顧氏文房小説本《資暇集》卷下“三臺”條曰:“三十拍促曲名三臺,或曰昔鄴中有三臺,石季倫常爲遊宴之地。樂工倦怠,造此以促飲也。”

又觀於三臺中有《突厥三臺》、《伊州三臺》等，《統籤》又謂其爲大曲，可知其音譜之源，實爲唐時邊地胡樂，與法曲、大曲同一情形。宋之《三臺》，雖由六言四句變爲百餘字長短調，而其中之急拍，必沿襲於唐調，而間接因緣於胡樂者，是亦不可不知耳。

七　序子纏令

序子一體，向來無人提及，衹有《詞源》論慢曲與引、近之拍眼後，繼續有曰："外有序子，與法曲散序、中序不同①：法曲之序一片，正合均拍（此二句中，恐有訛字，詳下文）；俗傳序子四片，其拍頗碎，故纏令多用之。繩以慢曲八均之拍不可，又非慢二急三拍，與三臺相類也。"據此，序子四片，較三臺尤長；而拍頗碎，既異於法曲之序，又異於法曲引、近，復異於三臺，當然别爲一體。考宋詞中一調有四片者極少，如《集賢賓》，如《梁州令叠韻》，皆四片，但皆用一種兩片之調重叠而成（宋調四片之《集賢賓》乃用唐調兩片之《集賢賓》重叠而成），原非前後各異之四片也；鄭意娘作之《勝如花》，亦四片，並非叠韻，但並不以"序"爲名，猶不敢認爲即序子一體；惟有《鶯啼序》一調，既屬四片，又以"序"名，殆確爲序子一體無疑矣。乃自來詞家，皆目此調亦屬慢詞，不過最長而已，蓋未嘗注意張氏之説耳。

"纏令多用之"者，序子先有一種繁碎之拍，而後纏令之中，亦多援用之也。纏令爲唱賺之一種，《都城紀勝》云："唱賺在京師衹有纏令、纏達。有引子、尾聲爲纏令，引子後衹以兩腔遞互循環間用者爲纏達。"（《夢粱録》所載者同）據此，纏令有引、有尾，纏達有引、無尾，皆絶似後世南北套曲中之情形，比較當時詞調所有之正當唱法，纏聲爲多，故名纏令，與令詞之令無涉也。

纏令既屬唱賺之一種，按《事林廣記》内《遏雲要訣》記唱賺之音譜、拍眼曰："夫唱賺一家，古謂之道賺，腔必真，字必正，欲有墩、亢、掣、拽

---

① 今校："法曲"，原作"法典"。今據清詞學叢書本《詞源》改。

之殊，字有唇、喉、齒、舌之異，抑分輕清、重濁之聲，必別合口、半合口之字。……假如未唱之初，執拍當胸，不可高過鼻，須假鼓板村掇（'村'疑是'襯'之訛）。三拍起引子，唱頭一句，又三拍，至兩片結尾三拍煞。入序尾三拍巾斗煞；入賺頭一字當一拍，第一片三拍，後倣此；出賺三拍，出聲巾斗又三拍煞（以上句讀，恐未必盡確）；尾聲總十二拍：第一句四拍，第二句五拍，第三句三拍煞，此一定不踰之法。"此段所云，有得解者，有不得解者，他姑勿論，第一，既亦有墩、亢、掣、拽之殊，足見一切音譜，凡慢曲中所有者，唱賺亦皆有之；第二，既有一字當一拍者，尾聲三句又有十二拍之多，完全與後世南曲尾聲十二拍之情形相同，則較之慢曲前後片連豔拍統共不過二十拍者，當然覺其"頗碎"矣。夫唱賺之譜與拍如此，纏令之譜與拍可知；纏令之譜與拍如此，序子之譜與拍可知矣。

八　法曲大曲

關於法曲大曲體裁之考訂，有王靜庵先生之《宋大曲考》及《宋元戲曲史》已詳之。茲僅據《詞源》等書，推詳其音譜與拍眼如次：

《詞源》曰："若曰法曲，則以倍四頭管品之（原注：'即篳篥也。'），其聲清越；大曲則以倍六頭管品之，其聲流美，即歌者所謂曲破。如《望瀛》，如《獻仙音》，乃法曲，其源自唐來；如《六么》，如《降黃龍》，乃大曲，唐時鮮有聞。法曲有散序、歌頭，音聲近古，大曲有所不及。若大曲亦有歌頭（'頭'，傳本《詞源》原作'者'，必誤），有譜而無曲，片數與法曲相上下，其說亦在歌者稱停緊慢，調停音節，方爲絶唱。"——此一段乃言法曲、大曲之音譜也。法曲聲音清越而近古，大曲不及。《唐書·禮樂志》云："初，隋有法曲，有音清而近雅，其器有鐃、鈸、鐘、磬、幢簫、琵琶。琵琶圓體修頸而小，號曰秦漢子。蓋弦鼗之遺製，出於胡中，傳爲秦漢所作。其聲金、石、絲、竹以次作。"據此，張氏所謂倍四頭管，豈即隋之所謂幢簫歟？大曲聲音流美，蓋泛聲已較多，故謂古雅不如法曲也。惟其曲唐時確已有之，張氏"唐時鮮有聞"一語甚怪。洪邁《容齋隨筆》云：

“今樂府所傳大曲，皆出於唐。”[①]蔡寬夫《詩話》云：“近時樂家，多爲新聲，其音譜轉移，類以新奇相勝，故古曲多不存。頃見一教坊老工言，惟大曲不敢增損，往往猶是唐本，而弦索家守之尤嚴。”僅此兩證，已足明張氏前語之非。且觀於蔡氏所言，吾人又可推定者：大曲音譜，與法曲比較，雖然已覺不古，而與當時所謂新聲、慢曲、三臺、序子等等比較，則畢竟仍覺古雅，一也；大曲樂器，雖以倍六頭管爲主，而弦索亦複相輔而用，猶之隋時法曲，幢簫以外，尚用琵琶，所謂“金、石、絲、竹以次作”一層，法曲、大曲，二者必然相同，學者不可爲《詞源》之言所限，二也。至於倍四頭管、倍六頭管及啞篳篥等，《詞塵》及《中樂尋源》中考之甚詳，兹以其爲樂器之製，非直接關於音譜者，不備録焉。

《詞源》又曰：“法曲之拍，與大曲相類，每片不同，其聲字疾徐，拍以應之。如大曲《降黄龍》、《花十六》當用十六拍；前衮、中衮六字一拍，要停聲待拍，取氣輕巧；煞衮則三字一拍，蓋其曲將終也。至曲尾數句，使聲字悠揚，有不忍絶響之意似，餘音繞梁爲佳。惟法曲散序無拍，至歌頭始拍。”——此一段乃言法曲、大曲之拍眼也。據上文云，大曲之片數與法曲相上下，而《碧雞漫志》卷三紀大曲之分片，則爲散序、靸、排遍、攧、入破、虚催、實催、衮遍、歇拍、殺衮，共十種，法曲之分片，當然即與此大同小異也。論其拍眼，以“每片不同”一語最爲扼要。試就此十片次第數之：第一散序，無拍；第二靸，僅有敲揹而已，亦尚無拍之名義，因上文引《謳曲旨要》有“七敲八揹靸中清”語也；第三排遍，即歌頭，全曲之拍，於此開始，爲十六拍或十八拍，外加四豔拍，則爲二十拍或二十二拍，語詳下文；第四攧，拍法失考，或與排遍相近；第五入破，六均拍，因《旨要》有“破近六均慢八均”一語也；第六虚催，第七實催，拍法俱失考；第八衮遍，六字一拍；第九歇拍，亦失考，斟酌前後之間，或爲五字、四字一拍；第十殺衮，三字一拍。

散序無拍，歌頭始拍一層，略有考證——白居易和元微之《霓裳羽衣曲》曰：“散序六奏未動衣，陽臺宿雲慵不飛，中序擘騞初入拍，秋竹竿裂春冰坼。”注云：“散序六遍無拍，故不舞（按所謂六遍，乃散序一種之

---

① 今校：“今樂府”，原作“今世”。今據宋刻本配明弘治本《容齋隨筆》改。

所有。上舉大曲之分片名目，乃十種之名目，至於每一種，少則二片，多則二十餘片不等也）。中序始有拍，亦名拍序。”據此，唐之大曲於中序開始有拍，而張氏乃謂歌頭方始拍，是唐大曲之中序，與宋大曲之歌頭，二者地位相當也。《唐宋大曲考》謂唐以前中序即排遍，宋之排遍亦稱歌頭①。又云：“如《水調歌頭》即《新水調》之排遍，宋人大曲恒不用散序與靸，故歌自排遍起也。”②據此，中序即排遍，排遍即歌頭，故中序亦即歌頭，三而一，一而三者，法曲、大曲之拍，至此方名實俱備也。

何以知排遍爲十六拍或十八拍，而外加四豔拍乎？曰：前引《詞源》論序子之拍有曰：“與法曲散序、中序不同，法曲之序一片，正合均拍。”末二句中，疑有訛字，疑應作“法曲中序，每片正合均拍”。所謂“均拍”者，前引《詞源》又曾云：“如大曲《降黄龍》，《花十六》當用十六拍。”十六拍即八均拍，一也；《碧雞漫志》卷三云：“歐陽永叔云：‘貪看《六么花十八》。’此曲内一疊，名《花十八》，前後十八拍，又四花拍，共二十二拍。”十八拍即九均拍，二也。因或爲八均，或爲九均，無定，故《詞源》上文僅曰“正合均拍”，而不曰正合幾均拍也。九均拍既能加四豔拍爲二十二拍，則八均拍想來亦何嘗不可加四豔拍而爲二十拍，與慢曲同乎？非排遍無以爲中序，非中序無以合均拍，非均拍無以言前後十八拍或十六拍，因此可以定法曲、大曲排遍拍眼之數，確爲十六或十八、二十或二十二也。且吾人於此，更應知《花十八》既乃《六么》（亦作“緑腰”）大曲之排遍之名，則《花十六》亦必爲《降黄龍》大曲之排遍之名；《六么花十八》既是“《六么》之《花十八》”，則“降黄龍花十六”亦必爲“《降黄龍》之《花十六》”，二名實指一曲而言，並非兩曲，若認《降黄龍》爲一曲，《花十六》又爲一曲，則大謬矣。

第五入破，與張氏上文所云“其聲流美，即歌者所謂曲破”二語，顯

---

① 今校：民國十六至十七年海寧王氏鉛印暨石印《海寧王忠愨公遺書》本《唐宋大曲考》云：“唐時有散序、中序……中序一名拍序，即排遍。”又云：“排遍又謂之歌頭。”

② 今校：民國《海寧王忠愨公遺書》本《唐宋大曲考》云：“《水調歌頭》即《新水調》之排遍也。”而無其後一句。

然有關。《唐書・五行志》云:“天寶後詩人多爲憂苦流寓之思,及寄興於江湖僧寺,而樂曲亦多以邊地爲名,有《伊州》、《甘州》、《涼州》等。至其曲遍繁聲,皆謂之‘入破’。”張端義《貴耳集》云:“天寶後曲遍繁聲,皆名入破;破者,破碎之義也。”王建宫詞亦早有“忽覺管弦先破拍,急翻羅袖不教知”之句。據此,破則其聲流美,而所以流美者,則爲繁聲加多;聲既多繁,拍亦隨之而碎也。此種繁聲與碎拍之由來,實因受當時邊地胡樂之影響,固不僅用邊地爲名而已,實已援用其聲拍矣。愚意入破之片名雖居第五,而曲破之唱名,應從第三排遍起,即包含在内。蓋入破爲六均拍,排遍亦爲八均、九均拍,凡此正合均拍者。在法曲、大曲之中,其聲應皆所謂曲破也。觀於耐得翁《都城紀勝》云:“唱叫小唱,謂執板唱慢曲、曲破,大率重起輕殺,故曰‘淺斟低唱’。”可知曲破爲均拍,慢曲亦爲均拍,故二者相同,而總爲小唱也。此所謂“小唱”、“低唱”,應皆是細唱之意,蓋八均、九均之拍既有敲揞,又有豔拍,即不啻後來崑腔有贈板之曲,自可以有細唱之説矣。惟《詞源》曾謂慢曲引近方曰小唱,與法曲、大曲不同①。推曲破於小唱之外,與耐得翁説不同;《曲律》載《樂府混成集》林鐘商目,大曲與曲破分列二項,又另有破子,與《詞源》之説不同;未知此中是非,究竟如何也。

上列十種片名,其實皆各由其拍法而定,即可作十種拍名觀——散序之散,謂無拍也;排遍之排,謂排匀也;入破之破,謂破碎也;虚實催之催,亦拍也,黄庚《夜宴詩》云:“豔曲喜聽催拍近,狂歌自覺入腔難。”前中衮之衮,亦拍也,劉克莊《賀新郎》云:“笑殺街坊拍衮。”歇拍無論矣,𢿌與攧,應亦拍之作用也(攧謂攧落,已見上文引芝庵《唱論》之語中)。惜皆不得其詳耳。然則《詞源》謂法曲、大曲之拍,每片不同②,審其名稱,亦既可以知之矣。

以上法曲、大曲之譜拍可論者如此。餘若上文引《謳曲旨要》有

① 今校:清道光刻詞學叢書本《詞源》卷下云:“惟慢曲引近則不同,名曰小唱。”

② 今校:清道光刻詞學叢書本《詞源》卷下云:“法曲之拍,與大曲相類,每片不同。”

“慢、近曲子頓不叠，歌颯連珠叠頓聲”二語，所謂“歌颯連珠”者，既不在慢、近曲子之内，究竟何在乎？或者即在法曲、大曲之内，亦未可知也。至於頓聲如何叠法，亦待考索，《詞源斠律》所有之説，未足信耳。再則法曲、大曲於前後諸體之中，獨有舞容，其拍眼不但節樂而已，且所以應舞，故《詞源》曰：“‘按拍’二字，其來亦古，所以舞法曲、大曲者，必須以指尖應節俟拍，然後轉步，欲合均數故也。”（此“均”字亦以均勻之意爲較可通）此二層亦在本篇所應叙述範圍之内，故附見於此。

九　諸宫調

諸宫調之體裁，《宋元戲曲史》中已詳之。兹所疑者：今傳諸宫調，惟《董西厢》最爲完備，則詞調與曲調相間爲用者，王伯成《天寶遺事》零星散見於《雍熙樂府》内，則純粹用曲調而不用詞調者，是同一諸宫調，金與元之情形，即有不同，又安能必南宋者即與其餘同耶？《詞源》中於此體，僅在論拍具内略一提及曰：“若唱法曲、大曲、慢曲，當以手拍，纏令則用拍板，嘌吟説（‘説’原作‘詵’）唱諸宫（‘宫’原作‘公’）調，則用手調兒，亦舊工耳。”餘於譜、拍兩面，俱無説明，究竟南宋人作，與董、王之作，同異何似，無以斷定。然董、王二家之説唱，已是北曲，用弦索爲主，若南宋之一切歌唱中，皆屬南詞，用簫管爲主，從無用弦索爲主者，南與北、弦與管之間，音譜與拍眼之差異，固甚懸遠，即此一端，似已可言南宋之諸宫調，必不同於金元之諸宫調矣。大概南宋之諸宫調，可以謂之南詞之諸宫調，金元之諸宫調，可以謂之北曲之諸宫調，此向來言諸宫調者，所未嘗判别者也。南詞者兹所當論，若北曲者無庸泛及矣。

南詞中何謂諸宫調？專就音譜方面説，則《事林廣記》早有明文。《廣記》論各宫調之結聲，足以校正今日傳本《詞源》内《結聲正訛》一節之誤不少，論後有云：“右數宫調，腔韻相似，極易訛入别調。若結聲不分，即謂之‘走腔’，驅駕高下不勻，即謂之諸宫調。故分别用聲清濁高下，折與不折以辨之。……”所謂“驅駕高下不勻”者，乃嘌唱也。《樂府指迷》云“亦有嘌唱一家，多添‘了’字，吾輩祇當以古雅爲主，如有嘌唱之腔不必作"①。《都城紀勝》云:"嘌唱謂上鼓面唱令曲、小詞,驅駕虛聲,縱弄宮調,與叫果子唱耍曲兒爲一體。"據此,可見諸宮調不但聯合縱弄許多宮調,而且與法曲、大曲、慢曲等不同之點,尤在音譜中之驅駕虛聲。虛聲既多,高下不一,而各宮調原來應有之結聲乃亂矣。此種音譜,當時於諸宮調一體中爲最著,此外於尋常耍唱小曲中亦有之,實乃一種不規矩之唱法也。再則唱曲之外,又具説白,故曰"嘌吟説唱",尤爲他體所無者。至於虛聲既多,拍眼必繁,觀其用手調兒以外,兼上鼓面,與纏令之"須假鼓板村掇",及元曲之"板與鼓同節",先後無異,亦即後來唱崑腔時之拍節、鼓板連用者耳。手調兒疑即綽板,不知與序子、纏令所用之"拍板",有何分别。"調"字不知誤否,待考。

十　結　論

以上依南宋詞九種體製,由短而長之次序,論列其音譜、拍眼。惟纏令一種,體製雖長,而拍法多同於序子,故與序子合見。慢曲爲南宋詞中最多部分,亦最要部分,故張炎於其譜拍所述特詳,後人解説紛紜,莫衷壹是,兹爲論斷,因亦特爲辭費。大概九種譜拍之中,以法曲最爲古雅,上與雅樂較爲接近;以纏令與諸宮調最爲繁促,下與金元曲樂較爲接近。音譜約分三類:一類乃法曲所獨有,較爲簡質,猶存唐音者也;一類乃有丁、頓、住、拽、抗、反、掣、折,八項聲音,吹管者應於指,而歌唱者應於喉,以成其遲速緩急,抑揚高下,除法曲而外,其餘各體之音譜中,殆皆有之,蔡寬夫所謂"音譜轉移,新奇相勝"者也,下至金元北曲内,恐亦沿襲其法不少;一類乃諸宮調所獨有,駕驅虛聲,縱弄宮調,且間説白者也。拍眼則約分四類:一類乃均拍,最慢,於前後片中,或四或六,或八或九,排勾其數,並可加四豔拍,則或十或十一,拍之前後復有打、敲、掯之眼,輔佐其間;一類乃依字數而分,較快,從一字一拍起,至六字一拍止,多寡有差;一類乃僅用敲、掯點眼而已,拍之名實尚未備;

① 今校:"作",原作"唱"。今據清指海本《樂府指迷》改。

一類乃並敲、揹而無之,直無拍眼耳。此四類之拍眼,實全備於法曲、大曲之各遍,後起各體,衹取其密者,而捨其疏者,於是第一類之均拍乃最爲發達。論時代原以法曲、大曲爲最早,後起各體,譜、拍兩層,大抵發源於此;而法曲、大曲之譜拍,其成就也實受唐時邊地胡樂之影響不少。序子、纏令、諸宮調中,種種繁聲促拍,驟然而來,其爲受當時遼金元音樂之影響,則亦無待言而無可掩之事實。考南宋九種詞體之音譜、拍眼,初不料其遠源與近因,固多在外國音樂之侵入也。

最後於《詞源》音譜、拍眼兩節中,猶可得有二義:一乃音譜非歌者一人之事,一乃歌時按拍,並非可羞之事。《詞源》曰:"聽者不知宛轉遷就之聲,以爲合律,不詳一定不易之譜,則曰失律。矧歌者豈特忘其律,抑且忘其聲字矣(按'聲字'謂字之四聲陰陽)。述詞之人,若衹依舊本之不可歌者,一字填一字,而不知以訛傳訛,徒費思索;當以可歌者爲工,雖有小疵,亦庶幾耳。"據此,可見詞在宋時,雖舊本已多不可歌者,遑論後世! 當時之詞,即能歌矣,而歌者動忘音律,甚且並忘其字聲;即歌者所歌準確矣,而聽者復鮮知音,往往以耳代律,如其意則以爲合律,而不知正是歌者故爲宛轉牽就之聲耳,不如其意則以爲失律,而不知固爲一定不易之譜也。可見音譜一事,並不能專門責諸歌者,乃作者、歌者、聽者,三方面所當同究者焉。《詞源》又曰:"曲之大小,皆合均聲,豈得無拍? 歌者或斂袖,或掩扇,殊亦可哂。唱曲苟不按拍取氣,決是不勻,必無節奏。是説非習於音者不知也。"據此,如法曲、慢曲等,皆以手拍者,當時歌人,每以爲羞,不願以其動作示人,而有斂袖掩扇之舉,張氏則以爲毋庸,既歌唱則應明白按拍,憚於拍則節難準矣。後人之唱清曲,一笛而外,至少有鼓板爲具,必不可廢,非此意耶?

以上所考,限於材料,駁難多而訂正少,推想多而論斷少。用《詞源》内音譜、拍眼兩節,及《謳曲旨要》之三十二句,在原書原爲整片聯貫之文字,而兹乃割裂零碎以引之,不無斷章取義之嫌。好在原書俱在,閲者可以檢核,如於上下文義之中,覺此所論,有誤會失當者,加以糾正,至所願也。

(原載《東方雜誌》第 24 卷第 12 號,1927 年 6 月 25 日)

研究詞樂之意見

處今日而研究詞樂，殆不免於暗中摸索，扣盤捫燭之失矣。其人苟非於曲樂或一般音樂有基本之知識，及相當之藝能者，更無徹底於此事之希望。余非知音之人，於如何研究詞樂，未能言也，兹所陳者，僅詞樂之範圍如何，研究詞樂者應注意何事，何事爲必不可忽者，供其一得之愚，以與學者共商榷耳。

大概研究詞樂者，可分其事爲兩部分：一乃詞樂之本身，一乃詞樂之源流。詞樂之流，是爲曲樂，應别作專門之研究；若詞樂之源，則古樂也，燕樂也，唐宋時之外國樂也，今之所言，胥從此始也。

（一）詞樂之始　詞爲樂府，先有其音樂，後有其文字，文字所以由詩變而爲詞者，實因樂府詩之音樂先有變化也。然則唐中葉後，樂府詩之音樂，本來究爲如何，當時何以不能保持故態而需變化，其變化之迹又如何——此三問題，實爲研究詞樂者首需解决者，此三問題决，則詞樂初起之情形明矣。今人從句法形式方面推求，覺唐詩五七言最盛，而詞則長短言也，料想由詩樂之遞爲詞樂，必與此層有關，於是考得唐人樂府原用律絶等詩者，於律絶原樂之中，漸雜和聲以歌，而詞遂發生。如《朱子語類》云："古樂府只是詩中間却添許多泛聲，後來人怕失了泛聲，逐一添個實字。遂成長短句，今曲子便是。"是其明證。其次便當推求此種樂府詩之音樂，何以添出許多泛聲。我國古歌譜之傳者，如朱子《儀禮經傳通解》所載之《風雅十二詩譜》，説者雖不信爲成周原音，而已認爲開元遺調，固一字一音，並無泛聲也；乃《唐書·五行志》謂天寶以後"樂曲亦多以邊地爲名，有伊州、甘州、凉州等，至其曲遍繁聲，皆謂之入破"。然則開元國樂，雖一字一音無繁聲者，而當時由邊地傳來之胡樂，則繁聲甚多，彼樂府詩之所以有泛聲，豈即受此影響乎？顧無泛聲與有泛聲之一端，猶不足以盡詩樂之末造，與詞樂之初興，僅受胡樂影響之一端，恐亦不足以盡二者變化之故也。特有此端倪，可以進而益事探求，必於上列三問皆得完滿解決，而後爲止，是研究詞樂者之任耳。

（二）律吕之源　宋人論詞，動云“協律”、“擇律”。夫不知律，何從言協與擇？不知律源，何從盡知詞樂之律？故律吕之源，亦即詞樂之源之一部分，不可以不考明也。考律吕之源，至少需及三事：一爲十二律三分損一之相生，二爲七音隔八相生之分配，三爲八十四調之旋宫，張炎《詞源》上卷於此三事，已具説明。鄭文焯《詞源斠律》復一一詳其説之來歷，並考訂刻本之訛，學者據此二書，已可得其大意與研究之資料。他若陳澧之《聲律通考》、方成培之《詞麈》、近人童斐之《中樂尋源》等書，均能示人以簡明扼要，並可參覽，兹不覼縷焉。

（三）宫調　所究詞樂之本身，當從其宫調始。蓋八十四調乃理想之全聲，後世省七音爲宫、商、角、羽四音，而祇餘四十八調，自宋時燕樂獨選夾鐘爲律本，四音各得七調，祇餘二十八調，見《宋史・樂志》。而雅俗通行者，又祇十九調，見《詞源》上卷，即所謂七宫十二調是也。兹之研究，第一應考宋人詞集曾注宫調者，有趣出《詞源》所謂十九宫調之外者否；第二應考唐詞之中，究有若干調之宫調今日尚可查見者；第三應考唐詞宫調與十九宫調異同出入如何。惟唐宋雅樂，此俗樂相差兩律；雅樂律低，俗樂律高，因而宫調於律名之外，又有俗名；加以胡樂浸入，音程相同者，每改用胡樂宫調之譯音，如大石、小石、般涉、歇指之類，頗覺紛亂。故未曾考訂以上三事之前，應先探明唐宋宫調名稱中，雅樂、俗樂、胡樂間同異之處，而後方不至爲其所迷惑也。

（四）律　“律”者，樂律之總稱也。前之所謂律吕、宫調，後之所謂腔、韻、譜、拍，本皆包含其中。平常曰“協律”者，謂於以上諸事，一一皆合規矩也。其實諸事應分别研究；分究既畢，則其協律之總，亦自可見矣。分别以究，首及擇律。擇律者，意在使所歌之樂，其聲情與當時之氣候相應，乃益覺其和美。故楊纘曰“律不應月則不美”也。夫聲音之微，與氣候之漸，果有如何密切之關係與否，是另一問題，今姑不究；今所當究者，尚有三事：第一，宋人之爲詞，是否實行按月擇律；當時普通詞家皆實行，抑僅精音律者始實行；僅于節序之詞實行，抑于一切之詞皆實行。第二，十二律之配月，見《月令》、《宋史・樂志》及《詞源》，三者皆同;唐俗樂二十八調之配月。見於《通雅》者,僅二十四調;宋俗樂十九宫調之配月,前人獨無論載,若就《詞源》所列八十四調中,取其十九宫調俗名之配月,則有數月中無一宫調者,有一月中有數宫調者,参差不齊,頗難取信,此何之故。第三,若就宋人節序之詞中曾注宫調者,如各家專集及《草堂詩餘》等選集所載,以求其宫調配月之情形,則又如何。總之:大晟樂府之製調,或長短增演,或三犯四犯,乃按月律以爲之者,張炎《詞源》曾有明文,是其事固宋人詞樂上之一種綱領,今日既究詞樂,終不可因其荒略難明,而遂置而不問也。

(五)腔　腔之研究有二:一爲擇腔,一爲製腔。擇腔者,實乃擇調,特以腔爲標準耳。蓋欲作一詞,先按月以擇定一律,須就此律所屬之諸調中,再擇定一調,然後再按此調之聲譜以填詞。顧於諸調之中,必擇其腔之韻者,而捨其衰颯不順、寄煞無味者,此楊纘之説也。惟唐宋詞調之聲譜,今皆不傳,腔之如何,不得而知;今日欲實行楊氏之説,固不可能,即欲研究宋人之曾經如何實行,捨楊氏數言而外,亦鮮資料也。後人雖亦有擇調之説,如鄧廷楨之《雙硯齋筆記》、吴蘅照、孫麟趾、謝章鋌諸人之詞話中所見,皆以句調四聲爲標準,而非以腔律聲譜爲標準,是應當别論者矣。《詞律》、《詞塵》、《詞學集成》等書,於楊氏擇腔之説,均有疏解,而皆有誤會。學者取諸家之説而衡訂之,殆即研究擇腔之事業耳。至於製腔一層,方成培《詞麈》卷五《宫調發揮》一章,已詳其線索。所謂過腔斷句、定板、起韻、結聲,與此處所列前後各節,皆有關係,需作總括之研究。學者分析方説,而别求論證以確定之可也。

(六)韻　此所謂韻,非指韻部之分合,乃楊纘所謂"隨律押韻"也。即某律之調,於四聲之中,應押某聲之韻,方覺調協也。唐段安節《樂府雜録》久有其説,清方成培解之,而戈載《詞林正韻》復歸納宋詞之用韻,按其宫調,已證段氏之説。戈氏研究之法,最合吾人模仿,惟除集證以外,尚須推求其所以然。觀段氏定二十八調之用韻,全用五音爲之綱,以上下平及上,去,入,配徵,羽及角,宫,商,可知四聲與五音間之關係,實爲某宫調應用某聲爲韻之故。顧四聲與五音間之關係,究屬如何乎?段、方、戈諸人俱未説明,是待後來學者研究討而補足之者也。

（七）譜　詞譜之傳者，惟姜夔自度之腔而已。然依其譜字，以簫管吹之，不但無拍節不成樂，且亦拗戾不成腔。因知今日於譜字所認識者，究竟誤否，尚屬疑問。研究宋詞譜字，當然以《詞源》及《白石道人歌曲》所見者爲主，而以《朱子全集》、《宋史·樂志》及王驥德《曲律》所見之宋樂俗譜參考焉。惟《詞源》所載，刻本多訛，且古今字譜以外，又有管色應指字譜，及宫調應指譜，其與古今字譜複見者，每前後不一，糾紛異常，又可以鄭文焯《詞源斠律》所校者斟酌畫一之，其終不能畫一者，共有若干，已畫一者，與今日俗用之譜字如何譯合，亦均爲研究詞樂者所當整頓。再譜字原所以代表七聲及其變化者，而宋人又兼用以標律吕，故《詞源》列八十四調，每調之下必綴一譜字以表之，殊足令人眩惑。《中樂尋源》曾明此意，亦研究譜字所不可不知者。

（八）起結　"起結"者，音譜之起與結也，調有幾片，則有幾起幾結，所謂"起"者，非首字，乃首韻也。全譜之宫調，胥由起結兩韻以定，故全詞之四聲，本與全譜皆有關者，而起結兩韻之四聲，乃尤與有關，作者不可以不慎其用字焉。自《詞源》有《結聲正訛》一節，乃知起結之間，結字又與犯調有關，尤爲要緊。學者之究此，第一可先確定起結與全譜宫調、犯調、製腔各方面之作用；第二詳明前人所謂起調、畢曲、殺聲、住字、走腔、落韻諸説；第三再搜羅宋人足以詳明音律之詞例，以爲諸説之證明；第四則鄭重表明填詞家於全調起結之處，何以必需格外謹慎守律。

（九）拍眼　有詞無譜不能歌，有譜無拍亦不能歌，而樂終無以形成。詞樂之拍眼，惟《詞源》中有所論載。自大曲以至令詞，各種拍法不同。於官拍、豔拍以外，又有丁、抗、掣、拽、折、頓、住、打、揹、敲。其中如打、揹、敲，頗類拍外之眼，而其餘七字，則不過爲音之形狀；故如住、掣、折，皆有符號，並不類拍眼之符號，而爲吹管指法之符號也。惟據姜夔集，宋人詞譜，衹一字一音，而雅歌又不容有纏聲，則似乎拍節以外，更無需乎有眼，究竟拍外有眼與否，拍與眼之名稱、符號、性質、用途如何，各體詞之拍法——尤其如慢之八均，引、近之六均爲要——究竟如何解釋，倘除《詞源》以外，能多集宋人筆記雜書中之説，而一一考訂之，真有功於詞樂不少也。

（十）樂器　詞樂只用簫管。惟據《詞源》，各種詞體所用之管，粗細長短不同。有倍四頭管、倍六頭管、篳篥、啞篳篥之分，聲音亦有清圓、清越之别。而拍具之中，亦有拍板與手調兒兩種。其他書中，直接於詞樂用具之記載雖少，但頭管、篳篥，如何製度，“四”、“六”何指，如何倍法，啞與不啞何謂，若分别向各方面探求，則亦不乏研究之材料也。

（十一）歌唱　《詞源》有《謳曲旨要》一節，專論詞之歌法。但其文乃歌訣體裁，辭簡而意晦，又雜吹管之指法，及拍眼於其間，益爲糾繞難明。鄭氏之《詞源斠律》，雖有疏解，終未貫通。他如雅歌纏令之分，善歌者之如何融化字面，聲情與文情之如何互相宣發，歌時有無舞之容態表現，亦皆可附及焉。此事比較途徑愈狹窄，材料愈枯澀，特亦研究詞樂者萬不可少之一端，當與拍眼一事，連同進行探討者也。

（十二）詞調之繁衍　以上自（三）至（十一），皆詞樂本身之問題也，若研究詞調之繁衍，則就各個詞調，先爲歸納門類，後就各門類討論其發生之先後源流與方法，雖亦同爲詞樂本身之事業，但已爲别一方面之觀察矣。詞調之門類根據詞樂以分者，如偷聲、減字、促拍、攤破、犯調、集調等是，需求其各類之成因與歷史，夫詩樂受胡樂之影響，由添泛聲而得長短句，此詞樂之總成因也，亦諸詞調中，大曲與小令，發端兩體之成因也，先有大曲，然後乃有法曲，有摘遍，有慢詞；先有小令，然後乃有引，有近詞，有慢詞，有序。小令又由添聲、偷聲、減字、促拍、攤破，互相繁衍；令、引、近、慢間又由犯調、集調，互相繁衍。他方面知音者復率意吹管成新腔，然後填詞，或率意爲長短句，然後製譜，所謂自度腔與自製腔是——凡此諸端，皆詞調之所以繁衍。研究者除一一説明以外，遇有長短句法可作例證者，應兼備其例證；若無實際可按，而僅存名目，可供懸想揣測者，亦當推詳其理解一切，要以詞樂方面爲發論之點，足補《詞律》等書之所不及也。至於製樂之專家，如宋太宗、丁仙現、周邦彦、萬俟雅言、姜夔等人，歷略如何，成績如何，並當考訂附及焉。

總之：詞曲同爲合樂之藝，本來樂與文並重，樂且先於文，而爲文之所附。故詞樂雖多失傳,仍爲今日研究全部詞學者所不可廢置不問者。凡本身不可通解之處,即不妨藉曲樂爲參考,他山之助,所獲必多,此亦一根本之方法耳。

(原載《國立第一中山大學語言歷史學研究所週刊》,1928 年第 39 期)

研究詞集之方法

此篇所陳者，乃對於詞集之考據、整理、閱讀、批評等事，示其進行之端諸也。業不僅於閱讀、批評，而兼有考據、整理，故全篇非但包含讀詞之方法，而實爲研究詞集之方法也。詞集之爲數較諸詩文眇乎小矣；學者雖欲全部涉獵，亦非難事。惟事前若乏南針，臨事又乖步驟，則每每徒費精力，未中肯綮，勞不必其有功，功不必其致果，此所以貴得研究之方法也。詞集約分專集、選集、總集三種，兹即分此三節論之，並附以讀詞要義四則。續集研究中，於編纂《全宋詞》一事，尤三致意焉。

一 專集

詞之專集，可分兩種：一乃專家之别集，一乃尋常之别集。研究專家詞集，需兼考據、整理、批評等事；若於普通詞人之集，則就其全書，有一大體之觀察，而爲之作一提要足矣。凡一種專家詞集，既經考據、整理、閱讀、批評以後，其結果必須求得此家著作之全部，與夫全部之精華，及其文字上思想情志之真，藝術上造詣特長之至；可依下列數端，次第爲之：

（一）搜集材料　認定研究某一家詞集以後，首當搜集此家全部之著作。宋元以來之詞人，凡屬專家，大抵皆已有專集，或爲作者當時所手訂，或爲學者後日所代編。然一人之作，傳本若有數種，則多寡異同，往往各别。學者第一需羅致此家之各種專集，及每集之各種板本，以内容最豐者一種爲主，而以餘本别見者增補之。如周邦彦集《片玉詞》與《清真集》較，《清真集》少五十餘闋，陳允平集《日湖漁唱》以外，尚另有

《西麓繼周集》，多出一百二十餘闋，是其例也。更有宋元專家，當時未有專集，或雖有而後世已佚，或後人雖爲編纂，並未得大段之材料，其則其所纂，實殘缺不完；而宋以來較古較大之選本，如《樂府雅詞》、《陽春白雪》、《花草粹編》、《歷代詩餘》等書中，反於其詞多所裒録，可一一加以考核，而從事增補也。故第二層又需羅致諸選本、筆記、雜書，廣爲搜輯，以得一家一集之全。如晏氏父子《小山》、《珠玉》二集，先有汲古閣本，後有《小山詞鈔》、《珠玉詞鈔》本，後者據《歷代詩餘》所輯補，幾倍於前者之所有。即《彊村叢書》於《小山詞》用趙氏星鳳閣藏明鈔本，較之《小山詞鈔》所輯者仍少五闋也。又如近人吴昌綬於殘宋本《東山詞》一卷，明鈔本《賀方回詞》二卷以外，又據《樂府雅詞》、《陽春白雪》、《絶妙詞選》、《草堂詩餘》、《全芳備祖》、《花草粹編》等書，補得賀鑄之作三十餘篇，均其例也。

惟有名之詞，往往屬甲屬乙，選本之傳説不一，而筆記雜書所載，又每多依託之僞詞，搜集材料者誠不可不加以精審之鑒别與考訂也。彼明知其僞者，固不容不删，若傳説不一而互見，或疑似之間而難定者，編入以後，亦不可不注明意見。如明人所傳之温庭筠《金奩集》，其中韋莊、張泌、歐陽炯之詞甚多，何能盡信以爲温作？卷末附張志和作《漁父詞》十首，曹元忠謂爲當時人和張之作，並非張作，考訂之精，直揭千百年前宋人之誤，其精審殊可效法矣。

（二）校勘字句　專家詞集之傳刻傳鈔，有精有不精。精者如四印齋及彊村所刻，不精者莫過於汲古閣之《宋六十一家詞》；及汪氏之翻刻此書，乃益"帝虎"、"焉烏"，不能卒讀——此整理名家詞集者所以貴校勘也。惟板本既多，字面歧出，若一首之中，此字從甲本，彼字從乙本，隨意取捨，毫無標準，則終不足以得前人之真，而饜後人之意，其失與妄爲竄改者相埒——此校勘名家詞集者所以又貴訂條例也。曩者王鵬運、朱祖謀諸先生於《夢窗》一集，校勘再四，而後始定，其所訂條例，足以成説，亦足以見例，兹節録如次：

一曰正誤　按《夢窗詞》世祇虞山毛氏、秀水杜氏二刻。毛刻失在不校，舛謬至不可勝乙；杜刻失在妄校，每並毛刻之不誤者而亦改之。是刻據二本對勘，參以諸家總集，凡訛字之碻有可據者①，皆一一爲之是正。若"向"誤"丙"，"梅"誤"悔"之類，必臚舉原文，則"亥豕"縱横，觸目生厭，故卷中不復標明，另爲劄記附後，以備參考。可疑者或注"句疑"字於本句下；其訛字之未經諸本校出者，依傍形聲，推尋意義，時亦間得一二；已改者注曰"毛作某"，或"毛誤某"；未改者曰"疑作某"，或"疑某誤"，並列行間，以待商榷，不敢自信，以爲必然。至毛本不誤，而相承以爲訛，經杜刻校改者，間分注證明於本闋之末，雖不免挂漏之譏，或有資於隅反，亦毛刻《片玉詞》例也。

一曰校異　校勘家體例，最重臚列異文，以備考訂。此集世祇毛、杜二刻，雖有毛刻以前選本，可據以爲異同，又不少概見。……他如《御選歷代詩餘》、《欽定詞譜》、萬氏《詞律》、朱氏《詞綜》、周氏《詞録》，所録夢窗詞，大都本之毛刻。其校訂訛字之可信者，業已據正原文，此外無甚出入。若"幽分"之一作"幽芳"。"繡被"之一作"翠被"，浪費楮墨，何關校讐！故祇惟是之求，不能備列。亦有因兩疑而並存者。……其有明知改詞以就韻律，避重文，凡一切選家所妄易者，則去之惟恐不盡，不得以校勘之説相繩矣②。

一曰補脱　毛刻闕文極夥，有已經空格者，當是原闕，然祇十之三四，不逮脱簡之多；杜刻次第擬補，幾成完書。是刻惟間補一二虚襯字，皆於空格之下注曰"某本作某"，不令與原文相雜；三四字以上，則悉從蓋闕。唯甲稿《塞翁吟》，毛闕"緑幕蕭蕭"四字，據《詞旨》補入正文，以出宋人論著，非後來選本所可例也。其有不空格，注曰"某本多某字"者，按之句律，多寡皆合，不得以闕文論也。又如甲稿《浪淘沙慢》有"新燕簾底□説"句……③杜

---

① 今校："碻"，原作"確"。據王鵬運《四印齋所刻詞》（上海古籍出版社 1989 年影印本）改。

② 今校："校勘"，原作"校對"。據王鵬運《四印齋所刻詞》改。

③ 今校：引文省略内容："毛刻脱一字，按律當在'底'字下。"據《四印齋所刻詞》本補。

刻……[1]於“簾”上補“查”字，又改“底”爲“低”，平側大謬。……乙稿《木蘭花慢》，“步層邱翠莽，□□處更春寒”句……[2]杜刻以“翠莽”處爲句，而補“直上”字於“層邱”下，遍檢夢窗此調，次句第二字無用側者。此類至多，不可枚舉。故卷中脱簡，不但不敢妄補，即空格處亦詳審而後定。至毛刻原空，則悉仍其舊，間有移易，亦必有脱。

一曰存疑　夢窗工於鍛鍊，亦有致成晦歰者[3]，淺人讀之，往往驟不能解。以毛刻之多誤字，遂歸咎於校勘之不精，任情點竄。是以戈載《七家詞選》於夢窗塗抹尤甚，稍掉輕心，即蹈此失。如《掃花遊》换頭“天夢春枕被”句，杜校謂“天夢”疑“香夢”之僞，初頗謂然；繼思詞爲題瑶圃萬象皆春堂，圃爲嗣榮王别墅，見《癸辛雜誌》，王乃理宗之母弟，度宗之本生父，蓋用秦穆公上天事，語不誤也。又《塞垣春》起句“漏瑟侵瓊管”，初以爲必有訛字，嗣讀《秋思耗》詞，“漏侵瓊瑟，丁東敲斷”云云，始悟爲用温助教詩“丁東細漏侵瓊瑟”句。他如《疏影》之“占春壓一”，《一寸金》之“醉擘青露菊”，《絳都春》之“漫客請傳芳卷”，《定風波》之“離骨漸塵橋下水”，約十許處，不敢謂其不誤，亦不敢謂其必誤，疑而存之，以俟高明鑒定。顧千里云：“天下有訛書，然後天下無訛書。”殆有見於存疑之義云。

一曰删複　夢窗四稿，毛氏刻非一時，故有一詞兩見之失……[4]皆從杜刻删後見者。又有誤收他人之作，毛跋已詳言之。其杜刻……[5]未删者《玉蝴蝶》一闋，見《梅溪詞》，《絳都春》一闋，見《草堂詩餘》，《玉漏遲》二闋，一見《草堂》，一見《陽春白雪》及《絶妙

---

① 今校：引文省略内容：“初印本擬補‘偷’字，雖不碻，尚不失律。覆校據姚抄本。”據《四印齋所刻詞》本補。

② 今校：引文省略内容：“毛刻亦有脱文。”據《四印齋所刻詞》本補。

③ 今校：“歰”，原作“澀”。據《四印齋所刻詞》本改。

④ 今校：引文省略内容：如《腄行》“疏桐翠竹”一闋，《金縷曲》“浪影龜紋”“湖上芙蓉”兩闋，《醜奴兒》“慢東風未起”一闋，《鶯啼序》“横塘棹穿”、“天吴駕雲”兩闋，《絳都春》“香深霧暝”一闋。據《四印齋所刻詞》本補。

⑤ 今校：引文省略内容：“已删者，周美成《繞佛閣》、《慶春宫》、《大酺》各一闋，柳屯田《尾犯》一闋，姜白石《淒涼犯》、《洞仙歌》各一闋。”據《四印齋所刻詞》本補。

好詞》。按《梅溪草堂》皆出夢窗前，《陽春》、《絶妙》二選出夢窗同時人，且收夢窗詞不少，不應誤將所作它屬，故皆據删之。惟《好事近》秋飲一闋，互見《蒲江詞》，係據《中興詞選》補録，未删。

兹據上文所云，再明白列其義例如次：

（甲）正誤四義：

一，不可不校，亦不可妄校。

一，校正僞字，必確有所據。

一，凡校文重要者可於原詞内注明，細瑣者應另爲劄記，附於集後。

一，不能自信以爲必然者，宜注“疑作某”或“疑某誤”。

（乙）校異三義：

一，凡有異文，宜全臚列。

一，可信者不妨據改原文，兩疑者則並存之。

一，凡明知爲選家妄易，以就韻律，或避重文者，不列。

（丙）補脱三義：

一，脱處用空格以明之。

一，疑是某字者，於空格下注明，勿遽填入。

一，按之句律多寡皆合者，則僅注明諸本多寡情形，勿妄加空格。

（丁）存疑一義：

一，誤否不能决者，注明所以，以俟高明鑒定。

（戊）删複二義

一，一詞兩見，删後見者。

一，他人之作誤收者，須考明删去。

王氏跋語中又有曰：“夫校詞之難易，有與他書異者：詞最晚出，其托體也卑，又句有定字，字有定聲，不難按圖而索，但得孤證，即可據依，此其易也；然其爲文也，精微要眇，往往片詞懸解，相餉在語言文字之外,有非尋行數墨,得其端倪者,此其難也。”觀於上文“存疑”一條,知王氏所謂難者,誠非無故矣;然即所謂易者,證既孤出,真贋之辨,絶非淺陋者所能辨,亦安在其易歟?從事於此者蓋不可以不審慎矣。

(三)編纂與整理　集非出於作家手訂,而板本來歷又不足信從,或原編特爲凌亂,無可保存者,則重行編纂之功爲不可少。若完全出於一時新輯者,則事前更需决定一種排比之法。大抵特殊之編次,有設計用意於其間者(如吴文英之分甲、乙、丙、丁四稿,姜夔之分自度曲、自製曲等),苟非出於作家親手,他人要不宜妄爲主張。若尋常之編次,按字數列調,按調名類詞者,視詞集同於詞譜,最爲呆板,能避而弗用爲是。若按律類調者,則宋詞未嘗遍注宫調,即已注者,亦各家不能一致,難於决定;且詞樂既亡,分别宫調何用?大可不必矣。他如朱祖謀先生之編《東坡樂府》用編年體,自成善本,特詞家之作,能如蘇集之年代大半可考者,殊不多見耳。若全出於新輯者,當然以所據書籍之時代先後爲序,不必按詞類調,較爲活動。更需注意者:新編則新編,舊編則舊編;若既用舊編,則應存其本來面目,毋又參加新意以亂之。至於卷數,用舊編則勿有增改,出於新編亦宜從簡省;若無故多分,徒亂人意而已,無當於事也。

每一專家,有若干集,若干卷,若干調,若干詞,以及下文之所謂創調若干,創名若干,宜概爲統計,而存其數,以作他日增補參訂之準。

(四)考訂與箋釋　考訂有三方面:第一,作者生平;第二,集之板本;第三,詞中創調、創體及創名。作者生平,除正史本傳以外,宜兼及野史、筆記、雜書。王國維先生所輯《清真先生遺事》,可爲模範。惟專爲研究其詞起見,除條列事迹以外,並應鈎稽其爲人之思想與境遇足以發明詞旨者,供下文所謂評論之用。板本無論存佚,並宜著録。尤貴明其源流,判其得失,以見某本可用以閲讀,某本可用以整理。創調、創體之考,均甚要緊;因知某家曾經創調若干,即可見其於音律上之創造如何;雖用舊詞,而有創體,亦可見其於音律上之變化如何。至於調猶是也,體猶是也,而僅創用新名,事雖瑣屑,若亦考訂明確以後,於上文之搜集、校勘、編纂、整理等事,都不無應用之處,故亦不宜忽略也。

箋釋之功，於詞學爲尤著，其目的要在發明詞旨而已。此層宋人所從事者，僅文字典實一方面，如東坡、美成之作，注者不止一家，及今所傳，尚有陳元龍之《片玉集注》一種。惟此種釋而不箋，明義有限，是箋釋之淺者也。金人魏道明之《明秀集注》，則於字句之外，兼及大義與本事，範圍已較廣。後人於筆記詞話之多載本事者，好爲録附詞後，以明題旨，藉成專集之箋本，如劉繼增之《南唐二主詞箋》是其明例。然詞有本事可按者，終屬少數，若舉題目或文字中所見之時地，及交遊倡和之人，一並爲考訂之材料，則其途逕廣闊，而發明詞旨之功益著矣。蓋所謂題旨，與詞旨有異：題旨僅得全詞之原由與大義，是其粗者；詞旨則纖宏並至，無隱不發，是其精者也。南宋諸家之作，寄托深遠，而措詞沈晦，讀者尤賴有箋釋之本，以省推詳揣測之煩。前人所爲，如江昱之疏證《山中白雲詞》，其功最著，兹略引其敘言如次，以見義例：

詞自白石後，惟玉田不愧大宗，而用意之密：適有題分，尤稱極詣。率爾讀之，雖擊節歎賞，而作者苦心，或未出也。夫集中之題，但云某人某地，讀者亦僅就其詞，臆爲人如是，地如是，是人與地因詞而見，而不知詞實有以確洽其人與地，何啻目眩珊瑚木難而不能名耶？其或實有所指，而本題未能注明，則又往往忽略，甚且以爲寬泛之語，而曾不經意，可勝三歎！間與弟蔗畦涉獵之餘，遇可相發明者，輒筆之簡端，垂二十年，繙書不下萬卷，蓋已得十之七八。……率從卷籍不相涉之處參考互證，觸類旁通而出。既矜創獲，覆繹詞意，愈覺神觀飛越，恍親歷其時，身入其境，聆其談笑，而罄其曲折；向之平淡無奇者，今皆見其切事愜心，分刌合度，而非隨手填寫，僅求好句成篇可比。爰加節葺，列於各詞之左；鄙見則以“昱按”二字别之。至其詞之取摭宏富，藴釀深純，則所謂“無一字無來處”者，讀者當自得之，不待緦緦爲之詮釋爾。

觀於江氏所言，可知直接之材料無多，且未必完全得用，間接之材料雖搜集費時，而其用往往非前者所可比。用直接之材料，其事稗販而已；用間接之材料，則非有抉擇、思考、觸悟不爲功，其可貴也，何待言乎？

至若字句來歷之注釋，有時反覺多事，足以引起讀者之厭惡者，不可不戒。蓋詞家自周邦彦始，好檃括唐人詩句入詞；南宋諸家長調，捨此途徑，幾不足以成闋，每每即因此故，使全詞生氣索然，實一大弊，江氏所謂“無一字無來處”者，實詞家之短處，並不足以效法也。然作者之修辭，每於無意之中與成語偶合，並非有心運用成語者，注釋家若偶有所見，自矜創獲，亦爲之一一點明，則無論其字面之新舊，讀者將意其皆爲成語而發，並非爲詞之真境而發，反覺機械乏味矣。故詞之注釋，必不能泛，泛則毋寧其缺也。

（五）精讀與選録　每家專集，既經過以上之各項整理、考訂以後，可以應用下文“讀詞要義”一節所載者，潛心精讀一番矣。除句讀以外，遇詞中精粹部分，俱可標出。讀者意之所到，則録爲卷頭之評語；更隨手作劄記，於各方面之懷疑與領悟者，皆一一記入，徐圖決斷與整理。又下文所謂選録者既成以後，更可以供朝夕諷詠；前人所謂學填詞先學讀詞，於聲調抑揚頓挫之間，得心領神會之用，然後試爲下文所謂之和作，自得豐神諧鬯矣。

精讀之際，可憑一時之審察，或一己之嗜好，就全集中定一選目；或並據此目，逕行録成選本。選録宜首先訂明選旨：第一，精選抑粗選；第二，所録者標準如何；第三，所删者標準如何；第四，編次如何。大概粗選僅爲消極之削删，精選始爲積極之表彰。凡可以表見作者爲人之身世與思想者，可以表見作者文章之特長與派别者，皆爲普通選録之標準也。反此者固應在删削之列，即有於此而缺於彼，不爲完璧者，亦非精選之所應納。若字句之殘者，音律之疏者，詞格之降者，則又皆普通删削之標準也。既有選本，則上文劄記所有，可以移而繫於選録各詞之後；即下文所謂之評論，亦以與選録合見爲便焉。

（六）集評與定評　對於每一作家之評論，可先集前人之意見，羅而列之，更總諸説爲數派，合之於詞，以定其是非，益以其他之見解與發揮，是爲定評。評專家之詞，固應集中其思想，顯著其特長，亦當明其淵源，審其學力，與夫受時代之影響如何。所論斷者，需得大體與概况，毋硜硜細處。主客觀宜並用，毋全憑主觀。前人詞論之弊，多在出語不著邊際，不關痛癢，態度不懇切，若不負責者。倘持説偏激於一方，祇要能於自圓，固猶較模棱兩可者爲有益也。

（七）詳别流派　每一專家以後，必有繼承風派之人：或深入堂廡，或略借蹊徑。彼論者覺察不真，或有意附會，謂某人屬某派，某人從某家者，固不足道，若後起作者，確於當時或前輩有所師承，有實際明白可按者，則前之定評，已窮其源，兹之沿流，不妨再盡其委。推而至於末流之衰弊何似，亦牽連及之，則於某家，詞派本身之利病，所體會者必能益真也。張鑑之疑姜夔傳，並列張輯、盧祖皋、史達祖、吴文英、蔣捷、王沂孫、張炎、周密、陳允平，九人之歷略，以爲其詞皆宗姜氏，是舉姜氏以後所有之南宋名家，悉繫之於姜氏之門也，未免泛矣。諸人既較姜氏爲晚出，詞境受其影響自有之，應另爲之説，分别輕重，而不便一視同仁也；若如此以詳流派，將詳不勝詳矣。故所謂詳别流派者，嫡派則詳之，其他者流而已矣，爲説以别之已足矣。至若周濟之《宋四家詞選》，立周、辛、王、吴四家爲中心，領袖一代，以其餘各若干家爲附庸，則另有機軸，非尋常之言源流派别者可比也。然其入主出奴之處，牽强附會者多，確切投合者少，集萬人而議之，恐亦難得兩人之全同也。蓋指出領袖數家，其法甚巧，若設立門户，標榜旗號，將其餘者强爲系屬，若確然無可通融者，則其事甚拙也。

（八）擬作與和作　周邦彦一集出，後人全部屬和者，於宋代知有方千里、楊澤民、陳允平三家；後來之爲全部和晏、和姜等集者，亦常有之。張炎《詞源》論學詞，早有"精加玩味，象而爲之"之語。蓋凡事模仿先於創造，學者於名集精讀之餘，得其真境，體會之，推廣之，自覺胸中擁積有許多詞，需筆之於紙，有欲罷不能之勢矣。前人之言初學作詞，以爲聯句與和韻同是習練之法，其實聯句難得其人，不如和韻。和今人猶或不免於勉强酬應之弊，不如和古人者爲妙。和古人不必和其全集，亦不必和其題韻，習其法而用其境，以自抒情志之所鬱，是亦和也。研究專家詞集者，兼蓋此功，庶乎可以斷手，而告全業之成矣。

以上八端：約爲考據、整理、閲讀、批評、撰作五事，乃研究專集者全部之業。或謂實際應用,此八端難於周至。考據整理足以阻塞性靈,不如去之,可以極盡欣賞陶寫之樂。如況周頤先生於《蕙風詞話》中屢示於詞集不樂校讎,一則曰:"昔人填詞,大都陶寫性情,流連光景之作,行間句裏,一二字之不同,安在執是爲得失!"再則曰:"詞以和雅温文爲主旨,心目中有讎之見存①,雖甚佳勝,非吾意所專注,彼昔賢曷能詔余而牖之?則亦終於無所得而已。"不知考據與習讀,原應分别從事,不能同時並舉於一次開卷之間也。先粗讀而省知某家爲有價值之作,值得爲之竭校訂之勞,然後方爲校訂。校訂既至盡善,然後再作精讀,何礙於欣賞之趣乎?且一人一時之勞苦煩悶,足以嘉惠後人後日於無窮。詞果不必箋校,則使今日習夢窗者,仍守毛本而拒王篇,肯乎?使習玉田者,仍止原詞而遺江證,安乎?此以上八端,應次第以進,不能參雜躐等,學者又不可以不省者也。

二　選集

選集前人即名爲總集,兹因下文另有總集,故别之。選集之用原有二:一爲資欣賞,一爲資考據;研究選集者,亦即可由此兩途以進也。

(一) 編列總目　自五代之《花間集》起,迄於今日之《宋詞三百首》止,古今選本共有若干,或存或佚,可以列一總目,有名必登,搜羅務盡,其數雖多,要不過以百計,非若别集之以千計者,一二紙所不能盡也。此目可依時代爲序;書名以外,並繫卷數與作者。能據其内容,進而各爲提要最佳;且宜較别集之提要詳盡,因其關係較别集爲大也。其名存書亡,無要可提者,則爲考證;無可考證者,亦必著明其書之名目,見於何處。

(二) 分别性質　選本性質,各書不同,大别之爲六種:因詞而選、因人而選、因時而選、因地而選、因題而選、因調而選是也。第一種乃純粹以詞之優劣爲準,選集之正者也,欣賞考據,兩得其用,而不相妨。有出

① 今校:原文衍一"之"字,據《蕙風詞話》(人民文學出版社 1960 年版)删。

於坊間者，有出於專家者，不可不辨。第二種以下，皆先有其他目標，其次方及詞之優劣；如是考據與欣賞之兩用，在同一書中，此長則彼消矣。因人而選者，或專選女子，或專選同人，其失每在標榜。因時而選者，關係較大，有正統與非正統兩種。因地而選者，無非爲存鄉邦文獻起見，可考其體例善否。因題而選者，宋黄大輿《梅苑》開其端，題小近於戲玩之文；若就大題目彙爲一編者，古今尚少見焉。因調而選者，或因宫調，如明李開先之《歇指調古今詞》；或因牌調，如《百蕚紅詞》，選《一蕚紅》百首，皆極僻。又有詞譜兼詞選者，如《白香詞譜》，亦應屬因調而選之列。又有因總集而選者，如《宋六十一家詞選》；又有因他書體裁而選者，如《宋詞三百首》，則又情形各别。總之，一選在手，性質如何，應先審定，然後方可以及其餘也。

（三）考訂選旨　一選之中，詞之優劣取捨，以何爲標準，不可不察。選家眼光，當然隨其人之學識主張嗜好而定。故選集有可以代表某一詞派者，如宋周密之《絶妙好詞》，清朱彝尊之《詞綜》，張惠言之《詞選》，其最著者，學者不可失之也。即《清綺軒詞選》，向以纖艷爲人詬病者，但選旨惟一，而且分明，選材俱能與選旨相符合，論選集之體例，則甚覺其是，較之無一定宗旨，踳駁凌亂者，其書固有作用矣。更如周濟之《詞辨》及《宋四家詞選》，以詞評而兼詞選，選之前各自具説，標明選旨，讀之自覺其便利。然則遇名選而不具條例説明者，學者固可以就其書中求之，而試爲代訂選旨。厲鶚輩於《絶妙好詞》，衹知爲考據方面之箋釋，而不知在欣賞方面，代古人揭明選旨，猶屬缺憾也。

（四）編製分目　此就每部選本以内。編製分人、分調、分題之目録也，與（一）編列總目者不同，特亦供考據之用者爲多耳。此事僅合向宋元選集，及明以後大部之選集爲之，其餘可以不必。蓋分人目録之作用，所以便於編訂名家專集時之補佚詞也；分調目録之作用，所以便於修詞譜時之補調體，校勘字句也；分題目録之作用，所以便於作詞時之有參考，同一般類書之爲助也。

以上四事，於考據、欣賞兩用，參互有之。此外研究選集，有同於上文研究專集者，如《梅苑》佚詞之待校勘增補，《絶妙好詞》、《尊前集》之待考訂，《草堂詩餘》之已經箋證注釋，是其著者。前舉諸法，學者可以觸類運用矣。

三　總集

總集之研究内，以編纂《全宋詞》一書，於意爲要，玆特陳之：宋詞之所以不可不一全者，猶之漢文唐詩之所以全，蓋三者同爲代表時代之文學也。以漢文唐詩著作之繁，前人尚且全之，則宋詞篇章，比較有限，全之何難！觀於唐五代詞既已附全於《全唐詩》之後，乃益覺《全宋詞》之不可以不亟亟有矣。夫宋詞不全，實清代詞業之大憾。當清初《欽定詞譜》、《御選歷代詩餘》兩部官書之編定也，一時詞臣，以爲即此卷帙，於詞業已大有成就，是以豪誇後世而有餘，且詞畢竟爲小道，不足與詩文驂駕，故覺宋詞不必全而存之，但選而存之已足。至近人朱祖謀先生之編刻《彊村叢書》，於宋人之作，凡附見於詩文之集者，雖三四首，亦不計工拙，編爲一家，始寖寖有全而存之之意矣。然編纂《歷代詩餘》之時，《永樂大典》猶存，宋人之集，散見甚多，故今日不見之宋詞專集，《詩餘》中動輒有數十首存儲之富。使當時即有全而存之之計劃，所成就者必大有可觀，尚何待彊村今日之三四首即編爲一集乎？夫昔日有全之之材，而無全之之志；今日有全之之志，而全材已愈益零落，致宋詞終不得以全，豈非清人詞業之大憾乎？及今零落之餘，若急爲掇拾，猶足爲桑榆之補；過此以往，衹恐藝林日益繁冗，而典籍日益消沉，求如彊村之三四首即爲一集者，且必有不可能之一日，後之視今，豈非亦成大憾乎？

大概綜明之毛刻，清之侯刻、王刻、江刻，近人之吴刻、朱刻、陶刻、共若干集，是第一步；搜求現存宋集附詞，爲諸刻所未列者，是第二步；就宋以來諸選集所登，彙爲新集，是第三步；就宋以來筆記雜書，增補遺佚，是第四步。如此進行以後，總得卷帙幾何，在未曾從事之前，雖無從估定，然料其全叢，捨鈔繕以外，多不過一人之力，一年之功，十人之力，一月之功而已，有志者於此區區之煩，固不足憚也。至於體例，則全文、全詩，典型自在，毋庸泛及；所宜别者，《全宋詞》之篇幅，既不過多，各家所用板本，及所據書卷，不妨全體注明，以備他日之復按，示其書雖一時編就，而内容則千載公開，猶賴後人之陸續增訂而無已，毋蹈清時官書自大之惡習也。

四　讀詞要義

無論研究專集或選集，都不能無精讀。即不取全部研究之步驟，而祇就某種詞集作平常之揣摩詞法者，於如何揣摩爲宜，及應注意何事，亦不可不預察焉。所謂揣摩者，析之乃有兩事：閱讀與思考是也；而其目的則有三：聲韻、意境、文法是也。蓋閱讀在求得辭意之所宜，與腔調之聲韻、轉折，思考在求得作者意境之所止，與其文章之所以成。學者倘於每一首詞，始既習其調之腔韻，次後會其詞之意境，末於其文章所以致力之由，更能了然於胸次，則讀詞之事，亦既畢矣。兹列揣摩意境與揣摩文法之要義四則如次，至涉及聲韻者，乃詞律之事，其言甚長，另著於篇。

（一）通解文字　讀詞之次序，先暢其句讀，次洞其題旨，次詳其本事，次盡其典實，與所用替代之字，此即所謂第一步之通解文字也。自讀固應以文意爲準，而其調之聯貫停頓，與夫叶韻之處，亦不可不先檢譜式而知之。詞凡有題目者，題旨自明；若無題目，苟非脱漏，即以無題爲題也。詞體初創，多以調名爲題目，唐人詞中，猶可考見；自後此制漸失，在短調語無僻澀，意無隱晦者，題目之有，本同贅疣：至南宋之長調，組織全異，雖有題者，大旨所在，尚需揣而後知，况無題者乎？又有作者於工詞之餘，兼工爲題者，則其詞旨大明，無待鉤稽矣，本事多出於筆記小説，《詞林紀事》一書，已大略備之。亦間有當時後世因其詞之流播人口，乃故爲曲説，附會出之，以炫耳目者，則信與不信，倘不關宏旨，亦毋庸辨也。典實之求，端在博洽；注釋類書，亦足爲助。然詞家每每融化詩句，其詩句之來源，不同典實，不必一一追求，求之反覺無味，上文已言矣。替代字除有關典實者外，以意會之已足，膠柱鼓瑟，大可不必。如前人之用《説文》解詞，未免太迂。（宋秦觀《踏莎行》詞有“杜鵑聲裏斜陽暮”句。胡仔《漁隱叢話》曰：

“少游《踏莎行》，爲郴州旅捨作也。黄山谷曰：‘此詞高絶，但斜陽暮爲重出，欲改斜陽爲簾櫳。’范元實曰：‘只看孤館閉春寒，似無簾櫳。’山谷曰：‘亭傳雖未有簾櫳，有亦無礙。’范曰：‘詞本描寫牢落之狀，若曰簾櫳，恐損初意。’①今《郴州志》竟改作‘斜陽度’。余謂斜陽屬日，暮屬時，不爲累，何必改？東坡‘回首斜陽暮’，美成‘雁背斜陽紅欲暮’，可法也。”清宋翔鳳《樂府餘論》曰“按引東坡美成語，是也。分屬日時，則尚欠明析。《説文》：‘莫，日且冥也。從日在草中。今作暮者俗。’是‘斜陽’爲日斜時，‘暮’爲日入時，言自日昃至暮，杜鵑之聲，亦云苦矣！山谷未解‘暮’字，遂生轇轕”。其實“暮”字乃動詞，謂爲“盡”字、“没”字等之替代字可矣。黄固迂，胡謂屬時，作名詞不作動詞，宋謂“暮”爲日入時，仍作名詞不作動詞，亦均不免拘泥，徒引《説文》，依然轇轕也。）

（二）確定比興　詞法無不用比興者，特所比所興之近遠，在讀者意想中每每無定。然作者之意，衹有一也，讀者之所領會者，若近而不及，是深負作者，若遠而失實，是厚誣作者；二者俱有不當。必須不即其辭，而又不離其意，斯得其真實可信之旨，斯所謂確定比興也。温庭筠《菩薩蠻》：“新貼繡羅襦，雙雙金鷓鴣。”鷓鴣雙雙，若謂形成繡襦之精美，是泥於辭也；若謂旨同《離騷》之初服（見張惠言《詞選》），是鑿於意也；若謂因見鷓鴣之雙飛，製襦之人乃興起自身之孤獨，則與上文弄妝遲懶，花面交映之旨皆合矣。辛棄疾《菩薩蠻》：“江晚正愁余，山深聞鷓鴣。”鷓鴣愁聞，若謂僅尋常之鳴禽興感，則以副上文之行人多淚，長安可憐，豈不太覺淺率！然後知作者於金人追逐隆裕御舟之事，確有所感。特謂鷓鴣之鳴，乃指恢復之業行不得（見羅大經《鶴林玉露》），則又未免臆斷耳。故此興之確定，必以作者之身世，詞意之全部，詞外之本事，三者共同爲準。温氏初無屈平之身世，即難以《離騷》之義相比附，金人既有造口逐舟之事實，則緣當年時局而興感，自屬可信，更參考以通篇辭意，俱無窒礙，於是可爲定論。若三者有一爲不合，則未容强有所執也。且學者之揣摩，與其厚誣古人，

① 今校：“范元實”，原作“危元實”，據胡仔《苕溪漁隱叢話》前集卷五十改。

毋寧深負古人。蓋所以負者，見解未至也，始而未至，進而可以至；所以誣者，必心目有所蔽也，若所蔽不除，則愈去愈遠，迷而不返矣。因是讀詞之道，於詳盡詞中之典實與本事之外，尤需考明作者之身世與境地，此實一重要之準備也。

（三）體會意境　況周頤先生《蕙風詞話》有曰："讀詞之法，取前人名句意境絶佳者，將此意境歸構於吾想望中，然後澄思渺慮，以吾身入乎其中，而涵泳玩案之，吾性靈與相浹而俱化①，乃真實爲吾有，而外物不能奪。"此其意謂藉古詞之意境，以感化讀者之性靈；性靈既如古詞，人亦遂如古人，是其宗旨在人而不在詞也。玆所謂體會意境者，乃讀詞之時，吾心先得古人詞中何種意境，然後便知吾心若有類似之意境時，即可效法古人之詞而表之，宗旨固在讀詞而學爲詞，不在讀詞而學爲人也。惟詞中意境，非由我體會而得者，終非我之真實之得。而體會云者，乃以自己之思想感情爲根據，而與古人之思想感情相會也。進言之，即以我之精神，恰可與古人之精神相往還；淺言之，即古人詞中之情如何，而我恰與之表同情耳。然則合者自合，不合者自不合，吾淺則淺合，吾深則深合，同情則同，不同情則不同，初不必有一毫勉强也。惟其真實相合，恰切相同，毫無勉强，則我所得之意境，當然即我自己所曾有者；我之意境曾如何得之於古詞，則類似之者，當然即知其如何發之於新詞矣。讀前人好詞而不能學者，每因未曾恰有得所耳；未曾恰有所得者，則以未曾體會故耳。古今人情相去不遠，倘細爲體會，終不至於無所合，所忠者以耳目代心靈，而人云亦云，或掠影浮光，淺嘗輒止耳。此揣摩人作者，一面有人，一面尤貴有己；有人寓於有己之中，然後無得而不爲用矣。

（四）認真詞法　意境如何，既纖巨皆得，則於其如何表此意境者，可以切實認識一番。此因各家之法不同，各詞之法不同，讀者可以隨有所得，隨爲寫定。彙而總之，其中必有條理可尋，綱領所歸，不至如何繁瑣也。每詞之法，大概可以分作三層著眼：一全部章法，二拍搭襯副部分，三好發揮筆力部分。後二者説見張炎《詞源》，即疏與密之兩部分

① 今校："相浹"前補"與"字，據《蕙風詞話》卷一補。

也。此三層或兼有，或分有。兹略舉數例，以見其義：

例一，温庭筠《薩菩蠻》：

"小山重疊金明滅，鬢雲欲度香腮雪。懶起畫蛾眉，弄妝梳洗遲。　照花前後鏡，花面交相映。新貼繡羅襦，雙雙金鷓鴣。"

此詞前闋首句寫居室服御，次句寫人，三四兩句寫情事；後闋前二句寫感喟，從上面之情事遞下，而引起下面二句情意之結穴。其全部章法乃由地而及人，而及事，而及情，層遞而下，前後闋一貫。寫地寫人固屬於引起襯副，即寫情事兩句，亦尚是狀態居多，故前闋可謂全爲後闋之張本，並非全詞之精粹也。後闋言鷓鴣之雙雙，明其感喟之果，已到意境止處；若全詞深厚，則尤在感喟兩句。蓋花面交映，淺言之乃人面如花；進一步想，花非久榮之物，則人之朱顔憔悴，亦自在意中；再進一步，花及芳時，猶有人於鏡中簪惜，人及芳時，誰爲憐取？再進一步，正在芳時，眼前並無人留戀，則韶年易過，秋扇之捐，固足憂懼，即令駐顔有術，當得不老，豈便能博取人情之真，而恒久不變？凡此種種意境，舉可從"交相映"三字中生出，是在讀者之細細體會，得深得淺，要以我心爲主，不必强同於人耳。至於修辭之法，可以認定如下：

前闋首二句——擇舉精要（擇言山枕，以概全室服御之精；擇言餐雲腮雪，以概美人全體。）

後二句——情事融會（"懶"字、"遲"字本以言事，而情亦在其中。）

後闋首二句——比（以花比人。）

後二句——興（因鷓鴣之雙雙，興人之孤獨。）

例二，李後主《浣溪紗》：

"轉燭飄蓬一夢歸，欲尋陳迹悵人非，天教心願與身違。

待月池臺空逝水，陰花樓閣謾斜暉[①]。登臨不惜更霑衣！”

此詞首二句敘事，三句慨言衷曲，四五兩句就人非之反面——景物依然——作鋪敘，末句表出深情。祇首二句可視作引起襯副部分，餘皆精粹。章法於前闋立意，後闋承之；前闋之結陡，後闋之結承上兩句，二者不同。或云首句明言“夢歸”，以下皆是夢中故國之感，乃後主囚虜以後之作，則未必然。蓋悲天憫人，感時傷逝，正後主至情之人，隨在常有之心境，愈處晏安，愈念憂患，愈當繁勝，愈成衰歇也。論文字則前結沉痛，後結纏綿。尤以後結寓有千迴百折之情，哀傷深厚之極。“待月”兩句，對仗精整，而語極自然，仍如觸著者。

例三，周邦彦《六醜》（薔薇謝後作）：

“正單衣試酒，悵客裏光陰虛擲。願春暫留，春歸如過翼，一去無迹。爲問家何在？夜來風雨，葬楚宫傾國。釵鈿墮處遺香澤，亂點桃蹊，輕翻柳陌。多情更誰追惜？但蜂媒蝶使，時叩窗槅。
東園岑寂，漸蒙籠暗碧。静繞珍叢底，成歎息：長條故惹行客，似牽衣待話，别情無極。殘英小强簪巾幘，終不似一朵釵頭顫裊，向人攲側。漂流處莫趁潮汐。恐斷紅尚有相思字，何由見得？”

此詞大意，乃作者借謝後薔薇，自表身世。時而單説人，時而單説花，時而花與人融會一處，時而表人與花之所同，時而表人不如花之處。曰“客裏”，曰“家何在”，曰“行客”，曰“飄流”，是其意旨所在也，前後闋固一貫。

前闋首二句説羈人，次三句説花謝。“春歸”實花謝之替代語也。以上皆襯副。“爲問”三句精粹，既謂因風雨之葬送，致傾國於無家，更謂因屬無家之物，故雖擅傾國之姿，風雨亦不見憐，含思哀惋之至——乃説花與説人融會之處也。“釵鈿”三句襯副；“多情”三句精粹，“但”字非“僅有”之意，乃轉語，“猶有”之意也。零落之

① 今校：“謾”，原作“漫”。據《全宋詞》改。

餘，祇遺香澤，應無復追惜之人物，但蜂蝶癡憨，猶來叩窗尋問，堪許知己。言外謂客裏飄零，終不能得慰藉，人固不如謝後之薔薇耳。何以知其然？曰：兩處精粹，皆特用問語領起，重在表示無家與無人追惜之意，甚分明也。

後闋“東園”三句，因物及人，襯副而已。引起下文牽衣話别，强簪殘英，及斷紅難見三事。“成嘆息”一語，直貫到底，所嘆息者上三事皆在内也。落花向行客話别，自多同病之憐；殘英强簪，乃令人回想芳時姿韻，映帶謝後景况，有無限珍惜。推此珍惜之意，覺芳時固當鄭重，即謝時亦何容草草？斷紅之内，固仍寓相思無限也。前一事花與人自爲聯絡，後二事似全説花，而由花與人之處，消息只可以神會，而難於説實。末句復用一問語，以示有物無可表見之意。若於“東園”三句之詞意中，即先安排流水，則歇拍之“潮汐”、“斷紅”，便屬有根，組織乃益爲緻密矣。或謂殘英强簪，不爲釵頭顫裊，向人攲側之態，乃覺殘英自有殘英可貴之品格。以喻人雖落拓之行客，終是孤高絶俗，不作阿世醜容，義尤精到。

章法乃因人及物，因物及人，糾紐拍搭而成。修辭則專擇情景幽通之處，融會入細，並重用問語，以提明意旨。

例四，辛棄疾《賀新郎》（别茂嘉十二弟）：

“緑樹聽啼鴂，更那堪杜鵑聲住，鷓鴣聲切！啼到春歸無啼處，苦恨芳菲都歇。算未抵人間離别：馬上琵琶關塞黑，更長門翠輦辭金闕，看燕燕，送歸妾。　　將軍百戰身名裂，向河梁回頭萬里，故人長絶。易水蕭蕭西風冷，滿座衣冠似雪。正壯士悲歌未徹，啼鳥還知如許恨，料不啼清淚長啼血！誰伴我，醉明月？”

此詞章法，乃以一氣包舉，祇作翻騰，不爲尋常停頓。一起若是閑情，“算未抵”句一轉，文情陡健，乃分别以上是時序變遷，以下是人間離别。於是歷舉王嬙、李陵、荆軻三人之事。至“正壯士”句，纔欲拍題及茂嘉，乃毫不沾滯，隨即環抱前文，仍一用啼鳥，而已作收束矣。結語與全詞，又在似聯不聯之間。歇拍、换頭，種種關節，到此已全失常態。衹覺突如其來，奔騰而去，戛然以止，囫圇一片，無從判其襯副與精粹。昔人謂稼軒乃詞中之龍，真喻得其當也。措辭能於敘述之中寓無窮感喟，字面個個挑動情緒，語語跳躍不凡，而聯貫一串，皆自然出之天成。

以上四例，初無系統，不過隨手拈得，疏具文法之大概，以見其文章所以致成之由。雖於古人之作，見解未必人人一致，一時領悟，亦未必完全可靠，然讀詞者每讀一詞，必能如此觀察真切，推詳盡至，剖析明白，判斷確實，此詞之法，方爲我得，方爲我用。縱今日不必以昨日揣摩者爲是，他人不必以我所揣摩者爲然，要於其詞之意境詞法，既已脚踏實地，揣摩一番，不聽其隨便混過，則真正是非，終不難見耳。又所得雖不必一一筆之於書，要不可不一度深思涵詠於意表。若筆之於書，初不必立一定方式，可隨詞審察，隨手標注，衹以明晰爲歸；積之既多，試爲比較聯絡於其間，當不難得頭緒耳。惟所言者需確是章法詞法之剖解，若尋當品藻之語，萬勿闌入，因作法與品藻兩事也。

（原載《東方雜誌》第 25 卷第 9 號，1928 年 5 月）

增訂詞律之商榷

詞曲爲我國韻文中格律最嚴密之體裁。前人所創諸詞，非有譜書無以著録；今人學爲填詞，亦非有譜書不能得準繩。故不言詞與詞學則已，否則詞譜乃必不可少之書也。自來詞譜，以清萬樹所編《詞律》爲較精審。自徐本立、杜文瀾相繼增訂以後，材料漸漸豐富。但遺漏仍多，難言完備；且排比未善，標注欠明，學者病之，亟思所以重編增訂，得一最精最備之詞譜，以利應用，而垂永久。海内有志於此者，頗不乏人；即愚亦向有此願。顧覺兹事體大，尚無數年專一攻苦之决心，不敢孟浪從事；若隨便嘗試，絶無成就。且重編增訂之間，宗旨如何，作用如何，體裁方式又如何，若不事先詳細考求，明白訂定，則貿然著手，亦斷難見功也。兹就向所計劃者，録之如次，以與海内詞家一商榷焉。全文分六節：一詞律與研究詞律，二詞律與增訂詞律，三準備與增補之計劃，四訂正與編次之計劃，五事例，六餘義。

一　詞律與研究詞律

詞律之本意與範圍　欲訂正《詞律》，修明詞譜，必先了解《詞律》之根本意義與範圍。"律"者，律吕者，音律也。"詞律"者，本意乃詞之樂律也。觀於楊纘《作詞五要》之言[①]，可知兩宋詞家，每作一詞，應先按月擇律，其次按腔擇調，再次按律定韻，而終乃按譜填詞。此四事中，前三者皆音樂腔律上之事，而末乃文字字句間之事；至於主旨，則均所以合樂者，即均爲詞律範圍以内之事也。自宋金以後，詞樂既亡，虚存樂律

① 今校："作詞五要"，原作"作詩五要"。據《詞話叢編》本改。

之源，羌無音譜之實，舉凡擇律、擇調、定韻、填詞四事，若就宋人已有之明文，或既定之程式中，奉行故事，一步一趨，則可；若欲活動應用，形成合樂之詞，表見詞之合樂，則終不可。故詞律——詞之樂律——一事，處後世樂律淪亡之日，實已無可爲言矣。雖然，音譜遺亡，不過不能歌唱而已，若各調之句法，首尾俱在，一經吟諷，亦有所謂諧與不諧，協與不協者存乎其間。詞樂亡後，音樂間歌唱之律雖無可言，若文字間吟諷之律，尚得藉其所有句調，詳加審定也。宋金以後，元明以來，詞樂雖亡，而"詞律"二字，其所以仍能繼續不斷於詞家之口者，即值此故耳。至於清人，考據之學大成，事事綜核名實，不肯與前人苟同，所硜硜以言詞律者，乃較前人爲益甚；觀其操持之堅，鍥合之密，雖宋人反不如焉，何論元明！然一按若輩研討中所謂詞律之意義與範圍，則舉凡擇律、擇調、定韻三事，早已完全捨去不論；所論者祇按譜填詞一端而已。更按其所以言者，雖處處必推宋人歌唱之律以爲準繩，而其實若離開四聲與句法兩層，即已無能爲力。且充此兩層之功，雖逐字逐聲，審定周詳，事實上亦祇供吟諷而已；吟諷之外，無可事事也。清代詞人，每有藉南曲崑腔之譜，以復詞之歌唱之業者，結果仍是曲樂，並非詞樂；張冠李戴，以犬畫虎，徒然蒙譏，不足垂訓，前人早有定論矣。且一般殫心詞律者，其爲詞也，甚至通體全用宋人四聲，一字不苟，拘牽雖甚，而不以爲苦；若試執而問其宗旨何在，亦絶不爲諧於崑腔之曲樂而後如此。故以崑腔唱詞一事，在認清詞律範圍以後，表面上似與詞律極有關係，而實則風馬牛不相及也。

研究詞律之兩大途徑　詞律之範圍既廣，詞律研究之範圍當然亦廣。所謂訂正詞律，修明詞譜者，不過其中之一端耳。學者必於研究一般詞律之途徑如何，既已明瞭以後，於是訂正《詞律》，修明詞譜之一端，方能得其要領也。據上述情形，詞律之研究，實際可分兩途：一爲考訂古人諧於歌唱之律，一爲習知今人諧於吟諷之律。自萬氏《詞律》以前，詞家祇知詞宜諧於吟諷，而忘却此體在古人實爲歌唱之物；自萬氏《詞律》以後，詞家所作，較能歸還古人所以歌唱之面目，但又忘却此體在今日，無論如何律細，終爲不可歌唱之物。論情事之弊，後者當然較前者爲少；論意志之蔽，則二者固無異也。夫詞在不能歌唱之時，實惟有吟諷而已;而吟諷之間,亦未嘗無律在。故茲將吟諷與歌唱二者,並列爲研究詞律之兩大途徑,無所軒輊於其間,並非不肯專崇清人之審慎矜嚴,反而兼顧明人之鹵莽滅裂,實爲按合事情,破除成見起見,必如此始得其平耳。

研究詞律之根本一義　後世於詞,既不能歌唱,其所謂律者,即無不見諸吟諷之中。如唐五代之詞調,衹分平仄,不分上去入,而又三五七言之句法爲多者,既然諧於當時之歌唱,即亦諧於今人之吟諷,如此者固足云諧,不待言矣;即南宋詞調,多所謂拗句澀腔者,雖至今日,調之於吟諷之間,亦往往成別趣,得不諧之諧也,就此種不諧之諧,一一考訂明白,在作者既便模仿,在讀者亦饒奇致,觀於萬氏《詞律·發凡》所言,可以知矣。惟所謂"別趣",所謂"不諧之諧"者,其感覺不能人人强同:得之則得之,不得之則不得。拈調填詞者,果於其詞有所嗜好則用之,不好之則不用;若既用以後,於昔人歌唱之諧,與夫體調之要,必需一一還其本來,不容隨意改抹,甚至蕩廢滅裂。故研究詞律者,始也或習知吟諷,或考訂歌唱,雖宗旨各有所歸;而終也投合所好,與保存詞體,必作用兩不相犯。固不必遏阻目前一己之快,以遷就古人過去之體;亦不可混亂古人已成之體,以逞自己一時之快。不好之則不用之可,若用之而復亂之則不可。此乃研究詞律上根本之一義,必先有此,而後始覺《詞律》必需訂正,詞譜必須修明;不然,多事矣。

二　詞律與增訂詞律

自來所有之各種詞譜　《詞律》亦詞譜耳。於未論《詞律》之前,可先一考自來詞譜其有若干種,並其性質如何。茲就今日尚流傳於世者九種,類列如次:

(甲)以圖爲譜者四種:

《詩餘圖譜》三卷　明張綖編

《填詞圖譜》五卷,《續譜》三卷　清賴以邠編

《欽定詞譜》四十卷　清王弈清等編

《白香詞譜》一卷　清舒夢蘭編

（乙）以説爲譜者一種：

《詞律》二十卷，《拾遺》六卷，《補遺》一卷　清萬樹編，徐本立拾遺，杜文瀾補遺

（丙）僅列詞式者一種：

《天籟軒詞譜》六卷　清葉申薌編

（丁）具有腔板者三種：

《九宫大成南北詞宫譜》八十卷，閏一卷　清周祥鈺等編

《自怡軒詞譜》六卷　清許寶善編

《碎金詞譜》十四卷，續六卷　　清謝元淮編

以上九種中，《九宫大成南北詞宫譜》則小半爲詞，大半爲曲。《白香詞譜》則以詞譜而兼有詞選之性質者。他如清人程洪所編之《記紅集》，亦界乎譜與選之間，而尤偏於選者，且其書不甚通行，故未列入。即朱駿聲之《選詞九十調譜》，顧名思義，當亦此類也。此外若明知其已失傳，而書猶略可考見者，如宋修内司所編之《樂府渾成集》一百二十七册，乃最古之詞譜，且腔、板、譜兼具者，應列在丁類；且其腔確係詞腔，並不如丁類所列三種，皆曲中之崑腔也。方成培《詞麈》論《渾成集》，謂白樸《天籟集》中，又有所謂《榷揚譜》者，二書不傳，古調遂零落云。天一閣書目載明蔣華有《詞樂筌蹄》八卷，鈔本；以調爲經，以事爲緯，以圓圖爲平，以方圖爲仄；爲調一百七十七，爲詞三百五十三。朱彝尊《詞綜・發凡》謂錢芳標輯有《詞瞑》三十卷，一千餘調，以字數多寡爲先後。《蒲褐山房詩話》謂清樓儼有《群雅集》，以四聲二十八調爲經，而以詞之有宫調者爲緯，並以詞之無宫調者依世代爲先後，附於其下，體例甚善，惜未及刊行，即行散失。此數書者，皆鑿鑿有據，且編次有倫。更若明人之《詞調元龜》（六本，見《脈望館書目》）、清人吴甯之《榕園詞韻》①，徐石麒之《詩餘定譜》（十卷）、郭人麟之《藥村詞譜》、陸蓁之《雅坪詞譜》、

① 今校："榕園詞韻"，原作"榕園詞諧"。據續修四庫全書本改。

《歷代詞話》所引之《古今詞譜》、《詞名集解》所引之郭紹孔《詞譜》等，則書固未見，内容亦無考也。余曩因友人紹介，得見江都秦氏所藏其先人編定之《詞例》若干卷稿本，頗具條貫。當時曾録其凡例，以示吴瞿盦先生，惜今失之，不憶其詳矣。至於近人所編《詞學初桄》，以平仄字樣代前人之圖，而於其後列詞，此外更無甚表見。總之：自來之詞譜，除《詞律》而外，《欽定詞譜》體調之較備，《碎金詞譜》腔板之較專，蓋爲不可廢者。吾人欲訂正《詞律》，固當以宋人專集爲重要材料，若就譜中尋取參考，則此兩種實不可少。自《欽定詞譜》購求爲難，如調名考證等事，乃覺《碎金》之爲用益著矣。

詞律　《詞律》一書，因詞樂亡而難復，遂撇去音譜不談，因平仄毋庸遍注，遂廢去圖譜不用，除詞中標明句讀、叶韻、平仄外，其餘於詞後詳加説明，就形式體例之大概而論，如此已屬最妥善者，處後世詞樂既亡之日而製詞譜，誠然祇能如此，亦祇當如此矣。惟萬氏編纂之時，許多宋人詞集，猶湮没未見於世，即許多詞調，猶非萬氏所得知，取材不廣，一失也。萬氏成書於客中，行篋所攜，卷帙有限，杜文瀾《詞律續説》所謂“幕遊槖筆，載籍無多，考訂偶疏，見聞未廣”者是。蓋正文取材固然不廣，而參考資料亦復疏略，以致所留舛誤甚多，二失也。萬氏編此書之動機，在於糾正《詩餘圖譜》及《填詞圖譜》二書之謬，故編中於每一調後之説明，輒偏重於指摘辯難，有時求疵索纇，呶呶不已，而反置正面文章，許多應當著録之要點於不顧，三失也。此三失爲不備、不確、不要（其他體裁標注，更有種種未是，詳見下文），後人於此，乃不得不謀所以補苴修正者也。

前人之增訂詞律　前人之訂正《詞律》者，除各家詩話詞話中偶有所見，陳述一二者不計外，有（一）嘉慶道光間王寬甫之《詞律》訂本；（二）戈載之《詞律訂》、《詞律補》；（三）秦玉笙之《詞律》鈔本（見杜文瀾《詞律續説》）；（四）咸豐間杜文瀾合王、戈、秦三家之説，作《詞律校勘記》二册；（五）同治間徐本立作《詞律拾遺》八卷，後二卷即多取材杜氏之校勘記；（六）光緒初，杜氏合萬氏原書，徐氏《詞律拾遺》自己之《詞律校勘記》，及另編之《詞律補遺》，總刊爲《校勘詞律》，此乃今日《詞律》最完備之本矣。徐氏拾遺中，各調仍依萬氏以字數爲序；惟調後説明，不如萬氏之蕪瑣耳。杜氏之刻，於萬書毫無改動，僅删去黄庭堅之《望遠行》等，石孝友之《惜奴嬌》等六首而已；所有體例次序，一仍其舊，旨在保全原書面目，並未正式加以訂正。至其拾遺補遺之結果，則體調確已大備，可於下表見之：

書名	萬氏詞律	徐氏拾遺	杜氏補遺	共　計	欽定詞譜
調數	六六〇	一六五	五〇	八七五	八二六
體數	一一八〇	四九五		一六七五	二三〇六

表中附見《欽定詞譜》所有體調之數，以資比較。調以《校勘詞律》所有者爲最備，《詞譜》所不及，固不待言；其他即如《歷代詩餘》之號稱一五四〇調，乃連别體計算在内者，若不同之調，仍不過八百二十有零耳；又上文所謂《詞㖃》之有一千餘詞，不知亦有同調異體，或同調異名者，混雜其間否，惜其書不得見，無由斷定也。惟徐、杜二氏所補，都不免參雜金元曲調（詳下節）在内，實際所得真正詞調，亦不過八百五十左右而已。至於别體一項，《詞譜》、《詞律》，同一失之鋪張。多一字爲一體，少一字又爲一體，殊覺無謂；實際按之，並不成爲别體者，兩書内均甚多。《詞律》之一六七五已不足據，而《詞譜》又較多六三一體，益無可取矣。故就大體以觀，前人之於《詞律》。可算衹有增補，並無訂正，有之亦甚瑣屑耳。

三　增訂計劃上——準備與增補

現在欲以《校勘詞律》爲底稿，進而作大規模之增訂，期爲全部詞調立一準則，其步驟可分爲五：第一搜集材料，第二擬定條例，第三增補遺調，第四逐調訂正，第五排比次序，而後全書告成。一二兩步，乃一切工作之準備工作也。兹先就前三步之計劃，陳其大概，餘入下一節討論。

搜集材料　以言材料，則凡宋以來之詞書，無論專集、選集、總集、詞評、詞紀、詞話、詞譜、詞韻，皆需應用，皆需搜集。且同一宋元人集也，各種板本不同，亦宜羅致齊全，不厭重複。惟宋人專集，若得數種宋刊之本，則後世之翻刻，其源流相同者，當然可以摒棄矣。比較重要者，尤在專集或總集。如近代新出，爲徐、杜兩人所不及見者，《四印齋》、《雙照樓》、《彊村》，三家所刻是也。此外宋元以來筆記雜書，涉覽愈博愈妙。徐本立編拾遺，所引書籍八十餘種，列其名目於發凡中，足資查考。凡出徐氏所列八十餘種以外者，當然尤宜留意也。材料之應用，不外三方面：一乃《校勘詞律》未見之調以供增補，二乃《校勘詞律》已見之調以供訂正，三乃諸家直接討論《詞律》得失之説以供參考。第三種之材料，多在清人詞話中，如吴蘅照之《蓮子居詞話》、丁紹儀之《聽秋聲館詞話》、謝章鋌之《賭棋山莊詞話》、蔣敦復之《芬陀利室詞話》、江順詒之《詞學集成》等書中均有之；而凌廷堪、馮登府、鄭文焯等詞集中，亦每每而有。可見材料範圍所及，至爲廣博，雖清人詞集，亦不宜忽，初不僅宋元人之集中方有材料也。

規定條例　凡遺詞之增補，逐調之訂正，次序之排比，皆有賴於先具條例，而後方能優爲之。惟條例究竟如何爲確當，其細微之處，要必待全部增訂之工作經過以後，方能周密肯定，不能預有固執也。故事前衹可先擬一大概，然後隨時增訂，隨加修改，至於盡善而後已。兹就其要者，略具意見如下：

（一）名稱　就《校勘詞律》全部增訂以後，不宜再襲“詞律”之名。因“律”之意義，本應指音律而言，已如上文所陳；且文律亦復是律，今之所爲，既不涉及文章之律，又不能通音譜之律，僅不過定一句法、四聲、叶韻、分闋，形式上之準繩而已，不如逕曰“詞譜”或“詞式”者爲切當也。

（二）目的　本書目的有二：第一在使古人所成之詞調皆得流傳，且形式正確，而且明顯。第二在使今後拈調作詞者，形式有所準則，不致盲從。

（三）性質　全書有三種性質：第一，譜録性質，專門彙調成譜，作全部詞調最正式、最完備之登録。第二，辭典性質，每調皆有扼要之敘述，並在各種次序之下，備具索隱，便於檢查。第三，詞史性質，全部詞調依發生時代之先後以爲序，足當一部分之詞史觀。參看以下各條。

（四）編次　以前諸譜，於次序一層，有三種不同，均不妥善，詳見下文。兹經增訂以後，最好斷代爲序：唐調先於宋調，而金元明清之調，則續在宋調之後，以完成本書之第三種詞史性質。

（五）正體　每一調必確定一首正格，推爲本調形式上一切之標準。其詳見下文逐調訂正之"斟酌主從"一條。

（六）別體或變格　與正體不符，而確實别成一體，另具一格者，是爲别體或變格，列於正體之後，普通所見，如多一字少一字爲襯字關係者，字句參差爲脱文�字者，平仄異韻而其餘句法平仄並無異者，均不列爲别體或變格，但於正體後面之説明中詳之可矣。

（七）標注　標注以明顯切要爲歸，如可平可仄者固應注明，而必平必仄者亦宜加注明白，詳見下文。以上三條，所以完成本書第一種譜録性質者。

（八）通檢　通檢乃將全部調名作種種排列，每名之下注明册數、卷數、頁數，使閲者可以各從所便，一經檢對，隨手可得所欲見之調，以完成本書之第二種辭典性質。

增補遺漏　《校勘詞律》列調八百七十五，若從萬、徐、杜三氏所不及見之宋人詞集中細爲搜索，不知又能增出多少也。《詞綜·發凡》謂所見《鳴鶴餘音》、《洞玄金玉集》及他鈔本曲調異同，《詞暎》未經採入者，約又百餘云。《洞玄金玉集》未知何書。類此等書，一經搜集尋索，吾意唐五代宋元詞調由八百七十五而益至一千整數，絶非不可能之事也。惟尚有四點，爲增補詞調時萬不可忽者：

（甲）嚴限詞調範圍　詞調上與詩混，下與曲混。若貪多務得，並五絶、七絶、七律之詩調，與金元人之曲調，一概附會濫收，則體例鬆懈，其事大可以休矣。萬氏所收諸調，與詩體無别者，如《紇那曲》、《羅嗊曲》、《八拍蠻》、《清平調》等，雖有調名如詞，而並未見於宋人詞之專集中者，已勢在必删；若徐、杜所收《醉高歌》、《天香引》、《慶宣和》、《憑闌人》等，分明爲金元曲中小令者，尤不容混補。至於金元人所創之調，十九屬於詞餘，雖列在詞人之專集中，而其並非詞調，固明白可按，則亦斷不容其羼入也。如王惲之《秋澗樂府》三四卷中，有《平湖樂》、《絳桃春》、《合歡曲》等，雜於前後詞調之間，實則《平湖樂》、《絳桃春》皆越調《小桃紅》之别名，而如《合歡曲》之平仄，在詞之小令中極少，與曲中正宫《雙鴛鴦》

調相較則極相似，當亦是曲而非詞（詳末一節）。吾人今爲增補，宜審慎考察，確係詞調者始行著録，否則俱在摒棄之列，不可一毫苟且矣。

（乙）附録唐宋大曲　《欽定詞譜》後而附載唐宋大曲，其事甚善。蓋唐宋大曲發生在尋常詞調之前，又與尋常詞調同時流行，其爲長短句之樂府則一。特遍數甚多，形同金元之套曲，既不能分作單詞，即不能與普通詞調並列耳。但在南北曲譜中，向來視此等大曲爲風馬牛不相及而不收，若編詞譜者又予以除外，則其體調將無所歸附，日久不愈將湮没可惜乎？故此經增訂，當附録今日所得見之全部唐宋大曲各調，以《欽定詞譜》爲藍本，而細加考正與增補也。

（丙）附録明清詞調　明清人之創調，雖不必以與宋元之詞調同看，要亦爲詞調範圍中之物，若此處棄之，則亦將無所歸附爲可惜也。明之王世貞、楊慎等，清之沈謙、顧貞觀等，所創甚多，雖無詞樂之可言，尚饒腔韻之諧鬯，聚而列之，亦足資考核矣。其材料則要在明清人之詞集中；近人所刻《懷豳雜俎》一書内，有《新聲譜》一種，正是此類事業，廣而正之可矣。

（丁）附録詞調别名　補列宋元之調時，遇一種名雖新異，而實則其調已見《校勘詞律》之中者，最不可被其濛混。故孰爲正名，孰爲某正名之别名，如能羅列明白完備，最得整理詞調之要。宋人如賀鑄之《東山寓聲樂府》、張輯之《東澤綺語》，元人如丘處機之《磻溪詞》，清人如吴綺之《記紅集》等，皆專門爲舊詞立新名，是全書可以注意者；其他詞譜、詞集中，遇有覺得生疏可異之名，即須細加考訂，果爲前人詞譜中所未及者，則不是新調，即是别名矣。將别名搜羅完備後，用最適宜之通檢法，排成索引，附載於本書之後。要令閲此書者遇見一調，按其調名，倘在本書正文通檢内檢查不着時，應即知此名並非正名而爲别名，再向别名通檢内試爲一查，得其正名爲何以後，再由正名通檢而得其詞，終不至於失望耳。倘正名别名内俱查不着，則該名必非詞而是曲，或者竟是新調，爲本書所遺漏而當補録者矣。余向擬編一“詞曲調名小辭典”，將詞曲詞名混合編排，然後按名檢調者，對於一名，無論是詞是曲，總能得一着落。或竟將此項合編之物，亦附載於本書之後，則尤爲便利。

四　增訂計劃下——訂正與編次

訂正一層，爲全部工作最切實、最緊要者，顧其事極繁瑣、極枯燥，從事者不有堅忍之性，恒久之功，則何能從詞籍數千之中，將詞調一千，悉歸於正，而悉底於定？蓋每一宋調，必經過所有宋人此調之作之校對比勘，然後正體别體方能完全底定；每一唐調，必經過所有唐人宋人對於該調之作之校對比勘，然後方能底定。非僅依據一二家、一二詞、一二集、一二板本所有者而遽可以武斷出之；雖一疊、一韻、一句、一字，亦不容忽也。於以知萬氏之書，蓋已從十分勞苦之中而來，斷非一朝一夕，一舉手一投足之間所能就；今欲超過萬氏，而臻於盡善盡美之境，談何容易乎！兹分别六端，陳其大意如次：

考訂倡和　歌唱之律，必以首先創造音調者爲標準。其後屬和之人，於音調曾加更改，若有明文可稽者，方足取信，否則字句必依首倡者以爲式也。如周邦彦創詞若干，姜夔創調若干等，各有專集可查。訂律者展其書，録之即是，最爲便利，亦最爲可信，且毋庸有所考訂也。若某調首創之人不明，則須就許多作者之中，推求其時代之先後，最初見於某集者，即可假定其爲某調首創之作。若時代先後難辨，則字句較簡者大抵發生在前，其中亦可分出倡和。總之，倡和既定，標準既得，舉凡襯字之有無，平仄之正變，體格之主從，皆不難立定，即其他一切糾紛，亦胥有解決之頭緒矣。某調爲某人創作，記載最多者爲《欽定詞譜》，當時必曾經一番考訂，非妄爲指陳者。此書若不得見，則《碎金詞譜》亦足供參考。若《詞律》於此層，不甚注意，每調並未標明創自何人，是其失也。

葉申薌《天籟軒詞譜·發凡》云："選詞自應以原製之詞及名人佳作爲譜。如《憶秦娥》應選李詞，《憶江南》應選白詞之類。《詞律》往往捨原詞而别收他作。《如夢令》别名《宴桃源》，本以原詞'曾宴桃源深洞'之句立名，即'如夢'二字，亦原詞中語。《詞律》不收原詞，而收秦詞。他如《漁家傲》不收晏同叔，《暗香》不收姜白石，不勝枚舉。最可笑者，《雨霖鈴》調不收柳耆卿，而收黄勉仲，又注云：'多情自古傷離别，如七言時句,此則上三下四不同,自應從柳詞。'[①]此非徒費筆墨而何!"此其所言,確係萬氏之失,引之以當例證。惟葉譜之爲書,具詞以外,僅注字數、韻數,他概不及,雖多用原詞,並不注明某調誰創,尚非有志認真分辨倡和者也。

校讎文字　此應與後一事"比勘異同"同時並舉。蓋唐宋人詞,流傳至今,每多脱誤,而非作者本來之字句;必需根據較精之本,訂其訛謬,而後方可據以定式;不然,所據者若先爲訛傳之文,則所定者尚足取信乎?凡一調中,時代較後之人,和作多首相同,而較先之倡作一首,獨嶄然爲異者,則此類倡作,尤當精校,以其所獨異者往往並非原文,不足依據耳。校讎之事,最屬纖瑣,若不酌分寸以進,襞積爲功者,則無以奏效也。

謝章鋌《賭棋山莊詞話》卷二引馮登府語云:"考《詞綜》脱誤甚多,如蔡伸《侍香金童》'更柳下人家似相識',脱'相'字,《詞律》另收趙長卿多一字爲别體,張先填《于飛樂》'怎只教花解語草解宜男',脱'花解語'三字,《詞律》不知,而以毛滂多此三字,另立一體。周邦彦《荔枝香近》'香澤方薰',脱'遍'字,是韻,《詞律》作四字句,而謂自'烏履'起二十八字,直至'遠'字方叶,必無是理,遂誤認'卷'字是韻。"足見所據之本,若字句不精,則不但所訂者不實,難作標準,且因有誤會而致横生枝節,愈陷歧途,然後知校讎之勞,從事此業者,萬不可省矣。

比勘異同　凡整理一調,若其首創之人不明,首創之詞難指,或標準詞式既得以後,而例外之式甚多,其間如何訂定,如何取捨,則全賴比勘之功矣。比勘之前,須先將同調之詞廣爲搜集。如《歷代詩餘》之書,類調列詞,内容又極豐富者,最爲現成合用。若於此猶覺有所不足,更以《花草粹編》、《詞統》、《草堂詩餘四集》等選,及今日可見之宋人諸集爲輔,每列一調,必遍考宋人之作無遺,而後對於句讀、四聲,種種方面,始下斷語。或先據要作,有所擬定,再必以所擬者盡核餘詞,倘有若干例外,務必統爲網羅歸納,蓋不如此固不足以補充萬氏之漏略也。此層

① 今校:原文闕"此則上三下四不同,自"等字,據四庫全書本《天籟軒詞譜》補。

工作最爲繁瑣，但極緊要，無可苟免。從事於此者，必先有以耐之，過此難關，方得坦途也。

《賭棋山莊詞話》云："詞有一闋兩叶者，如《河傳》、《酒泉子》、《上行杯》、《紗窗恨》等類是也。然大抵平仄各自爲韻，歸於同部者少。近讀賀方回詞。見其《水調》、《六州》兩歌頭獨備此體，考之《詞律》，則《水調歌頭》失載，而《六州歌頭》又引韓元吉作，逐段自相爲叶，凡五换韻，而未知尚有此不换韻者。……更《釵頭鳳》有轉平韻者，紅友亦未採及。……紅友譏明人填《惜分釵》(即《釵頭鳳》)第三句用'仄仄'起爲失調，今檢此詞(指賀氏詞'世情薄，人情惡，雨送黄昏花自落。')，則已先之矣。"據此萬氏於《歌頭》等調，因未遍勘宋詞之故，致有種種别體之遺漏，且錯譏前人，而自己反失依據。夫賀鑄之《東山寓聲樂府》，並非僻書，乃一經失察，則所訂之詞即不能周全細密，而人且難予原諒；觀於此製譜訂體者取材固可不博，而比勘固可不遍乎？舉此一端，餘可知矣。

斟酌主從　上文所以考訂倡和、比勘異同者，其目的皆欲於每調許多體格之中，分别主從也。訂譜家爲作者應用計，每調若訂出某體爲主，則作者知所取法；爲詞調著録計，每調若訂出某體爲主，則排列有序，而論説有歸；兩方面皆覺主從之分爲不可少也。萬氏《詞律》乃以字數多寡爲序者，每調皆推一至簡之體當前，不問其爲正格與否；雖其説明之中，間亦表示某調以某體爲主，而有時爲表明正格起見，亦不惜自亂其字數爲序之例，字多之體反而當前，如下文所引該書目録内所見者，但皆附帶及之，偶然有之，若其全書，則並無此項具體之計劃也。

惟所謂主從者，如欲定之，其途徑標準，各調殊難一致，此所以分别主從，必須經過一番斟酌矣。試展《詞律》目録以觀之，所謂"又一體"者，其下面或注"雙調"、"另格"、"起異"、"結異"、"前後整齊"等，乃體式之異也；或注"平仄異"、"平韻"、"仄韻"等，乃平仄之異也；此外尚有注"作者多宗此體"，或"各家多用此格"，或"宋人體"，或"此體整齊可從"，或説明某也正體，某也正調，字數雖較多，仍以前列。——凡此種種體别之觀察與衡量，舉可使吾人知：除上文所謂倡和者考訂明白以外，每一調之多體，究應以作家多數所宗者爲主乎？抑應以體格整齊者爲主乎？抑應以體格最簡者爲主乎？是不可以鹵莽從事者，必一一權其輕重，審其情勢，而後定之也。

且《詞律》中各調之排列，除字數爲序之原例以外，又有“附例”與“類例”之例，目録中所見調名之首，有横標“變體”二字者，乃其前一調之添聲、攤破、偷聲、减字之類也；有横標“犯調”二字者，乃用其前一調之數句爲起拍，又另取他調之句法以足成者也；有横標“合調”二字者，乃與前一調實爲一調，特名異體異者也。——凡此皆附列也。所謂“類列”者，則爲令、近、引、慢間變化關連之諸體，大抵長者類列於短者之後。總之，無論類列、附列，要皆非體與體間之關係，而爲調與調間之關係也（除去附列中之合調一種。因此種既是同調異體，應即視爲又一體，不當另作一調）。故所謂主從者，除上文諸體間之主從以外，又有諸調間之主從。惟諸調間之主從，有當分者，有不當分者，亦非斟酌不可。如“類列”一項，有一種令、近、引、慢，調名雖相關，而實際句法平仄則絶對無關者，萬氏書亦類而列之，適自亂其體例矣。蓋今日所能從事於《詞律》者，衹有字句之調爲據，並無聲音之調爲據。令、近、引、慢、大曲、散詞間之繁衍變化，本爲詞樂範圍以内之事，且每每非字句長短平仄間所能見者；因其名目有關，特懸想其聲音源委之間，當日必亦有關耳，非今日尚有實際可以考查者也。則考查之事，與懸想之事，混在一書之中，可乎？《詞律》於《甘州曲》之後，類列《甘州令》、《八聲甘州》等調，而《天籟軒詞譜》則改依其本調字數，另爲編列，於發凡中明其故曰“以清眉目”。誠以今日吾人於詞律所爲與所可爲者，原不過眉目形式間事耳；若其他者，倘有所得，别爲一書，以極盡其測度懸想之能則可，若與彼確有實際可考者，混合編列則不可。昔人於萬氏之書，尚有覺其專論四聲，取徑太窄，以萬氏不明詞樂爲憾者，不知萬氏所業，原非明詞樂之書，内容有此“類列”一層，正猶嫌其界限不清，而體例不嚴耳。

標注　以上四事，爲訂正詞調之根本方法。若倡和既明，文字既確，别體既備，而主從既分，則全部之大體已立，所餘者逐調遂體之標注與説明矣。標注之中，包含句讀、平仄、叶韻三事。至於片段之分，從來空一格以明之，並不標注，但其事宜爲之於句讀既明之後，而叶韻未定之前，故亦可屬之於標注手續之内。《詞律》中於句讀叶韻皆爲積極之注（即凡句讀叶韻之字方注，否則不注），而於平仄獨爲消極之注（即可平可仄者方注,應平應仄者反不注),將平仄不可移易之字,見之於詞後説明之中,似不若一律標注於詞中者爲顯著也。

句讀之分,需注意文意與調式間不能一致之處,爲標準之式者,必不容其有此種情形發生也。片段之分,於文意以外,與歇拍、换頭之整齊與否,極有關係,每有一句屬上屬下都可者,必需廣徵博考,以定其是,不可草草。四聲之分,固應留心平與去上,而入之作三聲用,或平上入之代用,尤需細勘注明。叶韻一層,於句末之韻外,又需考及句中之韻,及平仄互叶之韻,及似韻而非韻者。凡確係襯字者,可特作小字以别之。凡起拍换頭,與前後闋相同部分之間,可畫横線以别之。

説明　凡不便標注於詞内字旁者,概於詞之前後説明之,宜簡要而不辭費。萬氏《詞律》於每調後之説明,多駁難《圖譜》之處,過於辭費。至於杜氏所校勘者,多可就詞中實行改正;改正以後,則校勘之語可廢矣。大概説明應分别調前、調後兩種。調前説明,約有十二項如下:

(一) 調名

(二) 宫調　宋以前如何;宋如何;宋以後如何;明清曲譜中如何;能詳則詳。

(三) 源流　或源自唐教坊曲;或源自法曲,大曲;令、近、引、慢之繁衍如何;南北曲之轉變如何。

(四) 名解　毋穿鑿,毋附會,毋蹈虚。毛先舒《填詞名解》、汪汲《詞名集解》,與明清各家詞話中之所載,皆宜慎審採録。

(五) 創始者　依成説爲易,自行考訂爲難,二者宜斟酌行之。

(六) 别名　列其名,並明其始自何人,務詳備無遺。

(七) 片數

(八) 字數

(九) 句數　分片説明。

(十) 韻數　平仄分别説明。以上四項可以總稱爲“調略”。

(十一) 别體或變格　説明所别所變之處;扼要數語,不能繁。

(十二) 律要　如四聲不能移易之字法,駢散不能隨使之句法,均可擇要述之。

至於詞後説明，第一乃所載該調之文字依據何書、何本，及用何本參訂，其次乃關於該調之各種考證，爲調前説明所不能備，而研究該調者所不可不知者。

排列 以上自考訂倡和至説明，一共六項，皆所以訂正者也。增補、訂正之外，所餘者排列而已。以前諸譜中，於全書之編制，諸調之次序，有三種不同：一乃以字數多寡爲序，最爲普遍；二乃按調名之意義與性質分類爲序，如分歌行題（《洞仙歌》、《踏莎行》等屬之）、天文題（《鶴冲天》、《杏花天》等屬之）、時令題（《洛陽春》、《畫堂春》等屬之）等，惟《嘯餘譜》一書爲然；三乃照南北曲中宫調，及引子、隻曲、過曲等爲序，惟許、謝兩譜爲然。《嘯餘》之分，捨調而就調名，且多自亂其例之處，最爲無當，《詞律》已斥之矣。夫以曲樂强合於詞，既已不妥，若用曲樂宫調之序以部勒詞，其不妥更何待言？即以字數多寡爲序之一種，亦復機械的意義、作用，俱屬有限，且亦不便檢查也。兹經增訂以後，於以上三種序列，當然不用，最好斷代爲序，已如上文所言矣。

所謂斷代爲序，是排列時第一標準也。若同一代中之諸調，則以創始人時代之先後爲序，是第二標準，創始人失考，或其時代失考者，則以所見之書之時代先後爲序，是第三標準。同一調中，正體當前，别體或變格從後，是第四標準。許多别體或變格中，則又按其創始人之時代先後，或所見書籍之時代先後篇序，是第五標準。有此五種標準，全書之編次定矣。

五 舉例

兹就唐調、宋調，各舉一例，略見以上諸説。

采桑子

（創始） 始見南唐中主李璟詞。

（調略） 雙疊，四十四字，前後各七四四七，四句，三平韻。

（宫調） 唐大曲屬太簇角；《尊前集》注羽調，《樂府雅詞》注中呂宫;《九宫大成譜》屬商大石調。

（名解） 唐教坊大曲中有名《采桑》者,一名《楊下采桑》,一作《凉下采桑》,本調詞名本此。

（别名） 有四:南唐李後主詞名《醜奴兒令》;馮延巳詞名《羅敷艶歌》;宋賀鑄詞名《醜奴兒》;陳師道詞名《羅敷媚》。

（變格） 有《攤破涉奴兒》,列入宋詞。蓋於黄庭堅之名《促拍醜奴兒》者,朱敦儒之名《促拍采桑子》者,皆《攤破南鄉子》之誤,及辛棄疾之《醜奴兒近》,潘元質之《醜奴兒慢》,均不過與本調之别名有關而已,均與本調無涉也。

亭(可仄)前春(可仄)逐紅英盡(句)舞(可平)態徘徊(韻)細(可平)雨霏霏(叶)不(可平)放雙眉時(可仄)暫開(叶) 緑(可平)窗冷(可平)靜
芳音斷(句)香(可仄)印成灰(叶)可(可平)奈情懷(叶)欲(可平)睡朦朧入(可平)夢來(叶) 録《尊前集》

攤破醜奴兒唐詞《采桑子》之變格(按此調應另列入宋詞範圍,兹因事例之便,姑連讀見之耳)

（創始） 宋趙長卿。

（調略） 就《采桑子》前後片加助語及和聲之句。雙疊,六十字,前後各七四四九六,五句,四平韻。

（名解） 因宋人稱《采桑子》爲《醜奴兒》,故得此名。

（别名） 有二:趙氏《惜香樂府》題作《一剪梅》,注云:“或刻《攤破醜奴兒》。”《一剪梅》一名,另有本詞,此故不用,以免混淆。《欽定詞譜》名《攤破采桑子》,蓋改用《醜奴兒》本名也,宋人實未嘗有之。

（律要） 助語必爲“也囉”二字。和聲之句,亦必前後片相同。

樹(可平)頭紅(可仄)葉都飛盡(句)景(可平)物凄涼(韻)秀(可平)出群芳(叶)又見江梅淺(可平)淡 妝(句中叶) 也囉(句)真箇
是(讀)可人香(叶) 蘭(可仄)魂蕙(可平)魄應羞死(句)獨(可平)占風(可平)光(叶)夢斷高唐(叶)月(可平)送疏枝過(可平)女 墻(句中叶) 也

句　　讀　　葉
囉真箇是可人香　録《惜香樂府》

《欽定詞譜》云："《楚辭》押韻句，或用助語韻，漢賦亦多如此，故此詞第四句當於'也'字點句。坊本或於'妝'字點句，及'也囉'二字相連點句者，皆非。金詞高平調《唐多令》兩結句俱有'也囉'字。南北曲《水紅花》結句亦有'也'字，'囉'字。又《廣韻》七《歌》云：'囉，歌詞也。'此詞兩結'香'字重押，其爲歌時之和聲無疑。"按"也囉"乃連聲，若於"也"字點句，則"囉"一字獨立，恐非歌時情形，故仍將"也囉"二字相連點句。

水調歌頭

（創始）　始見宋蘇軾詞，製於熙寧九午(民國前八三六年)。

（調略）　兩片，九十五字：前爲五五、十一、六六五、五五，共八句、六韻，四平、二仄。後爲三三三、十一、六六五、五五，共九句、六韻，亦四平，二仄。前後平韻一貫，而仄韻則各别。

（宮調）　《碧雞漫志》屬中吕。

（名解）　"水調"乃宮調之名。唐時水調有大曲，此就水調大曲之歌題變化而得者，故名。

（别名）　有五：去"頭"字，稱《水調歌》，見張炎《詞源》；毛滂詞名《元會曲》；張榘詞名《凱歌》；姜夔詞名《花犯念奴》；吴文英詞名《江南好》。

（律要）　凡五言兩句相連者，上句不叶，其尾三字必"仄平仄"。凡連體叶平韻之句，尾三字必"仄平平"。仄韻四句，不叶亦可。

（别體）　别有平仄互叶一體。

句　平韻　叶平
明月幾時有把酒問青天不知天上宫闕今夕是何年我欲乘風歸
可仄　仄 平 仄 可平　可平　可仄　可仄　可仄　可平　可仄　可仄

仄韻　叶仄　叶平　句　叶平　句
去惟恐瓊樓玉宇高處不勝寒起舞弄清影何似在人間　轉朱閣低綺
可仄　可仄　仄 平 仄 可仄　可平可仄可平可平可仄

句　叶平　叶平　換仄韻
户照無眠　不應有恨何事長向別時圓人有悲歡離合 月有陰晴圓
平　可平　可平　可仄可平可仄　可仄　可仄　可仄　可平　可仄

叶換仄　叶平　句　叶平
缺 此事古難全但願人長久千里共嬋娟　録《東坡樂府》
可平　可平　宜仄 平 仄 可仄

前後十一字之句，或於六字作一讀，或於四字作一讀，無定。前之"闕"，後之"事"，雖有作平者，實宜仄。前之"舞"，後之"願"，亦宜仄。

王灼《碧雞漫志》卷四，説水調甚詳。大意謂水調乃宫調之名，非牌調名也；其創始甚古。就水調中作曲最早而可考見者，爲隋煬帝鑿汴河時所製《水調歌》，幸江都時所製《水調歌頭》。至唐，水調歸南吕商。明皇將幸蜀李嶠進《水調歌》，七言四句。又有五言者，見白居易《聽水調詩》。又有多遍爲大曲者，見《脞説》。至五代，蜀王衍巡閬中，自製《水調銀漢曲》。至宋，有《水調歌》，乃中吕調，雖首屬亦各有五言兩句，但决非白氏所聽者也（據此，《水調歌頭》在宋時確有《水調歌》三字之稱，並非自張炎始爲簡略也）。王明清《玉照新志》載曾布於元祐中作水調大曲，有排遍第一至第七，共七遍；而排遍第一之句調，即《水調歌頭》之句法云。按《漫志》所云，足見水調歷史之大略。惟曾布所爲大曲，據《玉照新志》所載，即名《水調歌頭》。《水調》者，一種大曲全部之名也；《水調歌頭》者，因此大曲僅在歌頭之部分而名之也。今曾調有排遍七遍，可見"歌頭"二字，乃指排遍七遍之全部而言，非指排遍第一之一遍而言也。考之本調，起拍三句，與曾調排遍第一首三句合；换頭四句，與曾詞排遍第四首四句合；其餘句法，則又散見於各遍中。是蘇詞此調，乃就大曲排遍之七遍内取材，翦裁連綴而成，絶非摘取某一整遍也明矣。《漫志》謂排遍第一之句調即《水調歌頭》，尚微有訛誤，不可不辨。

別體平仄互叶

（創始）　始見宋賀鑄詞。

（調略）　與正體同。惟正體十一字之句，兹分爲上四下七兩句；又正體不叶之句，除换頭首句外，兹概叶仄；且通體平仄韻一貫。

南國本瀟灑（韻）六代浸豪奢（叶平）壹城遊冶（叶仄）襞箋能賦屬宮娃（平叶）雲觀登臨清夏（叶仄）碧月留連長夜（叶仄）吟醉送年華（叶平）回首飛鴛瓦（叶仄）却羨井中蛙（叶平）　訪烏衣（句）成白社（叶仄）不容車（叶平）舊時王謝（叶仄）堂前雙燕過誰家（叶平）樓外河横斗掛（叶仄）淮上潮平霜下（叶仄）清影落寒沙（叶平）商女篷窗罅（叶仄）猶唱後庭花（叶平）　録《東山寓聲録府》

以上第一例《采桑子》，第二例《水調歌頭》。《采桑子》有變格，作類列；《水調歌頭》有别體，作附列。變體自成一調，故類列與原列同式；别體仍是前調，故附列者用較小之字書之。若别體多，可用“别體一”、“别體二”……以標明之——此所以分别主從也。調前之説明，各項有標題，語極簡要。調後之説明，則或爲疏解，或爲考證，皆所以補充調前説明之不足者，故比較詳細。“創始”、“調略”、“宫調”、“名解”、“别名”、“律要”、“别體”、“變格”，共八項，大概可以包括一切。惟除創始、調略兩項外，餘皆不必每調全具。譬如宫調一層，既已見於正體，則别體變格方面者即毋庸重複再見矣。即在正體中，宫調亦多失考者，不能每調皆列也。又《采桑子》前後片全同，故稱雙疊；《水調歌頭》前後不全同，故稱兩片。此等分别，亦昔書所未及者。調旁作平仄者，示必平必仄也；作“宜平”者，應當如此而原詞未合也——此所以説明與標注也。

大概於唐調衹有吟諷之律可求，雖若《攤破醜奴兒》之有助語及和聲，確係有關歌唱，但從事譜録者對之，不過存其體格之形式已足，其事甚簡。若宋調則吟諷之律與歌唱之律，需兩面俱到矣。且即以古人所以歌唱者，調協於今人之吟諷，練成今人之喉舌，使諧於昔人之管弦，已爲自來言詞律者所認爲應負之責任。故學者或能考證以修譜，爲詞苑之功臣，或僅填詞而用譜，傳前人之絶技，唐調以外於宋調之律，要尤不可不再三致意也。

六　餘義

通檢　尚有一事,兹需補述者,即經過增訂以後之《詞律》,既兼有辭典性質,則應便於用者之一切檢查。關於詞調之檢查,有三種不同情形:一由調名而查得該調;二由别名而查得正名,再由正名而查得該調;三由調而查得該調之名,或該調之正體,或近似該調之他調。惟全書編次,既如上述,依照詞調發生之先後爲序,則事實上殊不便於上列三種之檢者,此不可不聲明者。因此舊前之通檢,實萬不可少。爲完全適應上列三種檢查之需要起見,所謂通檢者,必不能衹具某一種方式,務宜諸式兼備,聽憑用書者各從所便,隨意採用也。約略計之,通檢之方式有以下數種:第一,按照調名首字畫數排列;第二,按照調名末字分韻排列;第三,按照最可靠之號碼檢字法及檢名法排列;第四,按照各調正體之通首字數排列;第五,按照各調正體各句字數之數碼排列。以上五種内,第二種《校勘詞律》已採用;第四種在《詞律》本來之目次中已用之;第一、第三兩種甚平常。凡由名檢調者,有以上四種之通檢法已足。惟第五種較爲特别,由調檢名者惟有此一種可用也。此種排列方法,兹簡稱爲"長短句法字數序",説明其辦法如下:

長短句法字數序　"長短句法字數序"者,乃將詞曲各調,依其長短句各句字數之號碼,排列而成之次序也。原計劃乃合詞調、曲調於一個次序之中排列之;詞曲均屬長短句,均有"長短句"之别稱,故用此名,恰可包括也。兹就《白香詞譜》所選一百調中之四五句各調,列成一序爲例,以便説明。

四　句

長相思　三三七五,,

謁金門　三
　　　　六　六七五

醉太平	四四六五,,	
清平樂	四五七六 六六六六	
點絳唇	四七 四五三	四五
減字木蘭花	四七四七,,	
生查子	五五五五,	
卜算子	五五七五,,	
好事近	九六 七五	六五
相見歡	六 三三三六三	
昭君怨	六六五三,,	
荊州亭	六六五六,,	
誤佳期	六六 五五	七五
西江月	六六七六,,	
醜奴兒	七四四七,,	
阮郎歸	七 三三五七五	
賀聖朝	七 四四五七五	
惜分飛	七六五七,,	
桃源遇故人	七六六五,,	
畫堂春	七 六	六七四
菩薩蠻	七七 五五	五五
攤破浣溪沙	七七七三,,	

鷓鴣天	七 三三七七七

五　　句

搗練子	三三七七七
憶江南	三五七七五
憶秦娥	三 七 七三四四
鵲橋仙	四四六七七,,
踏莎行	四四七七七,,
醉落魄	四 七 七七四五
浪淘沙	五四七七四,,
南歌子	五五七六三,,
南鄉子	五七七二七,,
蝶戀花	七四五七七,,
眼兒媚	七五四四四,,
人月圓	七五 四四四 四四四
醉花陰	七五五四五,,
訴衷情	七五六三三 三三三四四四
虞美人	七五七六三,,
臨江曲	七六七五五,,
憶王孫	七七七三七
漁家傲	七七七三七,,
………	………………
………	………………

在上列之序中,“長相思三三七五,,”者,表示《長相思》詞調乃兩

片，前後各四句，其字數號碼爲三三七五，“，，”乃專門表示兩片之完全相同者也。“謁金門$\frac{\text{三}}{\text{六}}$六七五”者，表示《謁金門》詞調乃兩片，前片四句之字數號碼爲三六七五，後片四句之字數號碼爲六六七五，前後所不同者，僅在後片换頭，换三字句爲六字句耳。“清平樂$\left\{\begin{matrix}\text{四五七六}\\ \text{六六六六}\end{matrix}\right.$”者，表示《清平樂》詞調乃兩片，前片四句字數號碼爲四五七六，後片則六六六六也。因此可以擬定此序之簡單條例如下：

（一）在本序中，各調按照每片之句數分列。凡同句數之調，各自成一系統，不相混雜。有兩片以上者，以第一片名數爲準。

（二）在同句數之諸調中，按照第一片各句字數號碼之次序排列。所有第二片以下諸片之各句字數號碼，僅附帶著録而已。

（三）兩片之調，前後句法全同者，衹著録一片，而加符號“，，”，表明一式兩片。

（四）兩片之調，前後句法相較，倘衹换頭處一二句不同者，則將前後起拍不同之部分分别著録，其餘相同之部分衹著録一次，以示此部分乃兩片所公有者。（如《謁金門》）

如是將全部詞調曲調排列完備，即成上文所謂第五種之通檢法矣。有此種通檢以後，倘新發現一長短句，而失其調名，且不知其是調是曲，無從查考其詳者，衹須將其通首各句之字數號碼寫下，並試爲分爲片數，然後就此序中一檢，縱不能得其完全相合者，亦必可以得其近似者，然後一經詳細比勘，則此調是詞是曲，是新異未經著録之調，亦僅某調之别體而已者，自不難立爲斷定矣。

如王惲《秋澗樂府》内有《樂府合歡曲》一調，雖有《合歡曲》之名，初不知其是詞是曲也。按其句法，爲三三七七七。詞調中如《搗練子》、《赤棗子》、《桂殿秋》、《瀟湘神》、《解紅》，句法字數皆如此；曲調中如南吕之《採茶歌》、正宫之《雙鴛鴦》，句法字數亦如此。但諸詞調中，除《瀟湘神》外，其兩個三字句，皆一仄一平，平句叶而仄句不叶；《合歡曲》則兩句皆平，且皆叶，故知其非。惟有《瀟湘神》之首二句亦皆平，且皆叶，但又必爲疊句；而《合歡曲》則非疊句，且第三句平仄復異，故又知其非。既與諸詞調皆不合，然後可以斷定《合歡曲》並非詞調矣。再試就曲調比較之，則上文舉出之兩個曲調不但句法與之相合，且首兩句又皆平聲，而皆叶；足見三字兩句之式，在詞調則多一平一仄者，而在曲調則多兩平者，截然不同也。惟第三句句法，《採茶歌》亦同《瀟湘神》，與《合歡曲》不合；所與《合歡曲》全合者，惟有《雙鴛鴦》一調耳。且命名之用意，似亦以《雙鴛鴦》與《合歡曲》爲較近，故《合歡曲》即北曲《雙鴛鴦》之別名，大概可以由此斷定矣。此種推斷，雖不全賴句法字數，但句法字數實第一要節，捨此且無從求得《搗練子》、《雙鴛鴦》等相似之調，而竭盡互相比較之能事也。

長短句法之研究　論此種"長短句法字數序"之作用，猶不僅在詞譜之中，便於由調求名之一種檢查而已，且可借以作詞曲長短句之研究材料用矣。蓋詞曲句法之長短，在歌唱中固有所謂諧不諧，在吟諷中亦有所謂諧不諧，已如上文所言；詞樂既亡，詞既不能唱，則所謂諧與不諧者，惟有憑口吻間之吟諷以決定之耳。吾人平常讀詞，每覺某調也音節諧和可愛，某調也折屈敖牙，而不易成誦，此中究何以故，亦未嘗不足以研究也。觀於上列序中四十一調，末句爲三字，或五字，或七字，作奇數者，有三十一調之多；其通體皆爲奇數字之句者有十二調，而通體皆爲偶數字之句者則無一焉。於此可見長短句調之組成，三五七言實較二四六言爲重要；而試將此等用奇數字句法較多之調細讀之，總覺活潑生動，搖曳生姿。又四十一調中，兩片之調共三十八，前後片完全相合者二十三，僅僅换頭者十三，其完全不同者衹兩調而已。又换頭或前後完全不同之十五調中，其前後句數相同者八調，不同者七調；而不同者亦不過後片比前片多出一句而已，無多出兩句以上者。凡此諧與不諧之標準，各種長短組織情形之統計，僅僅就上列四十一調所見，隨便認定，自靠不住；若將全部詞曲調如此排列成序以後，細爲觀察，研究於調曲間句法長短之不同點何在，唐宋詞調間句法長短之不同點何在，吟諷或歌唱之諧與不諧，其句法長短之不同點又何在，種種問題，必不難得圓滿之答案矣。因知此種序列，與詞學曲學音譜牌調之研究上，極有關係，極有供獻，斷非無聊之舉動矣。但其序列既以字句多寡爲根據者，則其事分明爲譜録家之副業，編纂統計，譜録家固責無旁貸者。故兹於商榷增訂《詞律》之餘，特爲附陳其説，幸研究詞學者加以考慮也。

（原載《東方雜誌》第26卷第1號，1929年1月）

與張大東論清詞書[①]

奉書敬悉，擬作《三百年來之詞學》一文，好極。承囑開示清代與近時之代表詞人詞集，訥愧於此節未嘗十分注意。年來用力，多在元明散曲……散曲以外，亦曾涉獵宋詞與劇曲，特所得格外膚淺，不足成學；關於清詞者，既承下問，敢舉所知以告，聊供大文參考，未足云爲南針也。

清初如王士禎、納蘭成德多祖《花間》爲小令是一派，朱彝尊主姜、張，使學問，爲又一派，同時陳其年主蘇、辛，使才氣，爲又一派。既而厲鶚承朱派而一味以清越峭厲爲面目，實仍不離乎學問，浙派於是乎成。既而張惠言力排朱、陳末流之失，專以風騷比興爲主，常州派於是乎成。既而謝章鋌詆訶浙派之偏至，且多習氣，少性靈；以容納衆長，不拘一格爲倡，遂開閩派。（謝氏於張氏主張，亦以爲拘）常州派至周濟實已改進，而人多不察；至陳廷焯則於臯文風騷比興之説，益變本加厲。同時成肇麐、馮煦選唐五代兩宋詞選，主張議論，頗平實，不拘於浙與常州，則與閩爲相近。而王鵬運之爲半塘詞，實振起於清末之格雅律散之一派。鄭文焯、朱祖謀、況周頤、程子大輩皆與焉。格高莫過於鄭，律散莫過於朱，鄭事事模仿姜白石，觀其《大鶴山房全集》中《樵風樂府》、《比竹餘音》等集可知。後來鄭又留心柳永之詞境，見其與友人書中（載《國粹學報》），亦可注意。朱有“律博士”之雅號，人謂其詞由夢窗入而東坡出，最爲化境。此外文廷式、趙熹等人亦先後與半塘一系相沆瀣（憶《學衡雜誌》中胡先驌曾著文以評文、趙諸人之詞，可以參覽）。以上清代詞派之大概也。

---

① 按：張大東（1904—?），字旭光，筆名�旭、凌霄、東言，江蘇阜寧人。清華大學 1930 年（第二級）歷史系畢業，在校時爲清華文學社成員，曾任《清華週刊》總編輯，發起並參加清華大學邊疆問題研究會。著有《中華民族發展史綱》（文化供應社 1942 年版），有多首詩詞發表於《清華週刊》。

若言清人詞學，則尚多可言者；萬樹、葉申薌、徐本立，杜文瀾之階，終不及《欽定詞譜》規模之大。朱彝尊《詞綜》之後，王昶、陶梁繼之，黄燮清續之，丁紹儀補之，一系相承，幾成詞選之正統。先有蔣重光之《昭代詞選》，姚階之《國朝詞雅》，沈時棟之《國朝詞選》等，後有譚獻之《篋中詞》等皆不及焉。然官書之《歷代詩餘》究爲古今選本之大觀，所謂正統之選亦難以掩此耳。雖非揣摹之書，要於精博兩面兼而有之，清人不朽之詞業也。他如張惠言一選之簡，清綺軒一選之靡；詞林褒貶，久别於人口，要皆清人詞選之流行者也。

毛先舒、吴甯、戈載之"詞韻學"，亦足以獨當一面；毛氏《韻白》、戈氏《詞林正韻》其説均甚詳。

若詞話則有徐釚之《詞苑叢談》、馮金伯之《詞苑萃編》、張宗橚之《詞林紀事》、葉申薌之《本事詞》，皆卓卓可數。而《歷代詩餘》所附之《歷代詞話》，搜集繁博，又官書之不可及者。

尋常詞話以外，有詞評詞論，如《西河詞話》之論源流，《詞曲概》之論作法，《賭棋》、《白雨》之論詞派，皆其要也。……至於謝章鋌《賭棋山莊詞話》，議論、欣賞、考證，皆極精當，無《白雨》之偏頗，而有《藝概》之妥洽，可以一讀。

至研究詞樂者：前有毛奇齡、凌廷堪，後有方成培，近有鄭文焯；而許寶善、謝元淮，以昆腔譜詞，雖不足爲訓，要亦明代詞人所未嘗爲。

若爲校勘之學者，則王之《四印齋》，朱之《彊村》，其最著者。校刻《夢窗詞》之條例，可以見其精審之一斑也。弟爲此文，既標"詞學"爲題，則凡選、樂、韻、腔、校勘種種方面均宜論及，不可僅論作風境界派别而已也。

任訥上

（原載《清華週刊》第31卷第2期455號，1929年4月6日）

常州詞派之流變與是非

常州詞派何緣而有也？有之于陳、朱兩詞派之後也。清初詞家，在陳、朱之前者，多宗北宋，風行歐晏，而短製爲工；迦陵獨祖稼軒，詞鋒所逞，長調爲便，然措語全歸豪放，所詣不免於偏。竹垞適與同時，而工力又別追姜張，以精細勝——二者乃相對抗。顧各至末造，則一野一弱，俱不足以自振。皋文秉之，乃溯温、韋，附風騷，託比興，以探源自信，以持正召人，而後常州之派立焉。

皋文序《詞選》有曰："放者爲之，或跌蕩靡麗，雜以昌狂俳優。""跌蕩靡麗"者，乃指朱弊也；"昌狂俳優"者，乃指陳弊也。又曰："温庭筠最高，其言深美閎約。"——此乃常州派之溯温、韋也。又曰："蓋詩之比興，變風之義，騷人之歌，則近之矣。"——此乃常州派之附風騷也。又曰："其緣情造端，興于微言，以相感動；極命風謠里巷，男女哀樂，以道賢人君子，幽約怨悱，不能自言之情，低徊要眇，以喻其致。"①——此乃常州派之託比興也。夫風騷爲吾國自來韻文之極，比興又風騷惟一之要義，若詞之爲詞，必合風騷之體，用比興之法，不然，則"蕩而不反，傲而不理，枝而不物"。——斯又常州派之探源與持正也。以上乃常州派之始也。

雖然，文學必根於人之性情。性有公，亦有私。性之私者，今日謂之個性。詞，純文學也，其内容固必合於讀者之公性，而尤必容有作者之個性。風騷之内，自有其一時之公性，與若干之個性在，但所謂"公"者，非古今中外，了無限制者也，三百篇縱完全公于二周之時，十五國之地，不必仍完全公於今日與今世也。所公於今日今世者，又不必仍恰如公于二周十五國者，彼此乃能銖兩悉稱，毫釐不爽也。所謂"個"者，則

---

① 今校："徊"，原作"回"；"眇"，原作"渺"。據《詞話叢編》本改。

更絶對不容有希微之假借——子不能强同于父，弟不能强同于兄——因人而殊，易體爲異者也。有屈原，然後方有《離騷》，《離騷》中乃有屈原之個性在，非屈原者，即未必有此個性，又何能强其有《離騷》乎？皋文説詞，知探風騷以爲源，而未省風騷尚自有風騷之源，即二周十五國人之公性，與屈原之個性是也；知附風騷以爲正，於未察風騷固自有其所以爲正之道，即公性之恰符，而又個性之各盡也。倘十五國人民生活之甘苦，不同于三百篇中所咏，而三百篇之作者乃勉强之如比，又倘靈均之真正稟賦與遭遇，並不爾爾，而楚騷中故意做作之如此，則風也，騷也，皆僞詞耳。後世韻文對之，又何源之足溯，而正之可持耶？我國古今各體之韻文，動以古代一時之風，一人之騷爲準則，至於後世作者之真性情，真境遇，皆不過問，是皆知風騷之爲然，而不究其所以然也，其去風騷愈遠，而終不得至風騷也，抑何足怪此常州詞派始雖蹊嚴而矜，崖岸高而危，而稍稍流傳之後，即覺漏漸呈，補苴爲急，實意中之事，必然之勢，亦無足怪矣。

皋文之説，在張翰風、左仲甫、惲子居、李申耆、鄭掄元諸人中，尚能融洽，未有異辭。後由董晋卿，至於周介存，才十數年耳，而已亟亟欲變，於勢爲不容緩，於情爲不能忍矣。周氏之言有曰："夫人感物而動，興有所託，未必咸本莊雅，要在諷誦紬繹，歸諸中正，辭不害志，人不廢言；雖乖謬庸劣，纖微委瑣，苟可馳喻比類，翼聲究實，吾皆樂取，無苛責焉。"斯言也，乍讀之，似與皋文之説，亦無所抵觸，而實則變皋文之旨甚多，糾皋文之失至夥也。蓋皋文之旨，作者興之所託，必本莊雅，而周氏則以如此爲泥，變之曰：詞之爲用，責在作者，亦兼在讀者；作者莊雅固佳，即不盡莊雅，而讀者諷誦以後，紬繹之餘，固可以代爲歸于中正，不以作者之辭，而害作者之志，亦不以作者之人，而廢作者之言也。皋文之旨以爲乖謬庸劣，纖微委瑣者，必深拒痛絶之也，而周氏則以如此爲迂，變之曰：馳喻而能比其類者，翼聲而能究其實者，雖然卑近，而實可取，較之高遠而不擬其類，深美而不符實者，終爲佳也。據此張氏責人者苛，被責者乃日趨于僞而不覺；周氏務在核實，篤實者皆得保真于無窮，斯二者之利與弊也。周氏又有言曰："隨其人之性情學問境地，莫不有由衷之言。"斯言也，其旨乃益明矣。蓋不隨自己之性情學問境地，不但隨風騷，則所比者不類，所興者不實，所謂"幽約怨悱，低徊要眇"者，全非由衷之言。于是無君可忠，亦思結忠君，身且不愛，反志在愛民，人人感士不遇，時時太息厝薪；無色不矜，有辭皆飾；屬意都從造作，而遣辭全事侏張：風騷云乎哉！比興云乎哉！僞而已矣。皋文亦有言曰："延巳爲人，專蔽固嫉，而其言忠愛纏綿，此其君所以深信而弗疑也。"夫翰風、仲甫、子居、申耆、揄元輩之詞，在皋文目中，固覺其忠愛纏綿，可以深信而不疑者也，然諸君之爲人，果如何耶？抑爲延巳之爾專蔽固嫉耶？抑言行相符，驗其言即足以信其人耶？前者無據，固未可誣，後者，若不考，爾絶不敢輕信，蓋詞章家言，終不能作信史之料矣。皋文之詞論成，天下如延巳之專蔽固嫉者，皆抵掌而笑，蓋徒此有所以文過而欺世矣。皋文既因延巳而有前言，而仍主張詞家之一味風騷比興，以必成忠愛纏綿之貌，奈何其不思也！奈何其不悟也。

周氏之變常州派也，尚不僅僅於立意，即屬辭之方，亦多恢宏而廣大之。皋文主風騷，重比興，言貴有物，而寄託是尚，旨必忠孝，辭必危苦——所謂有人而無出也。周氏變之曰："夫詞非寄託不入，專寄託不出。"又曰："初學詞，求有寄託，有寄託則表裏相宣，斐然成章①。既成格調，求無寄託，無寄託則指事類情，仁者見仁，知者見知。"揆周氏之旨，能入而不能出者，猶覺詞境逼仄，歷法拘牽；必也，緣情屬語，如風行空，來去無迹，而後爲深，蓋覺皋文之一味比興，乃局局不伸，於意則因莊而僞，尊之適所以卑之，于辭則因深而屈，進之反所以退之耳。

周氏之論，實闢皋文之成説也，但不堪顯著，其義之所長，遂亦未能彰明。崇之者雖有譚復堂諸人，而皆未曾深得周氏之心。顧皋文風騷比興之説，震俗耳而有餘，駭庸情爲已甚，於是後來詞人，知有常州派，而並不知有"變常州派"也。但專從皐父之業者，有時實覺枯燥難安，下筆之時，乃私融西陵之華茂，有時又因天真未泯，擇題之際，乃别抒通脱之篇章，雖皆不敢明白抗之，要亦未有誠篤守之者。惟丹徒陳氏廷焯，頗與皋文臭味相合，實常州派之健者，不同尋常之泛泛附和者焉。陳氏之説，以沈鬱爲歸，是仍不免周氏所謂專入而不能出之弊。且其論皋文

---

① "斐"，原作"裴"。據《詞話叢編》本《介存齋論詞雜著》改。

《詞選》也：一則曰："王元澤《眼兒媚》，歐陽公、李知幾《臨江仙》，公然列入，令人不解"，再則曰："東坡《洞仙歌》，所感不同，而依傍前人，《詞選》必推爲傑構，亦不可解"，三則曰："以夢窗爲變調，擯之不録，所見亦左。"凡此異辭，果因比興之見，仁者謂仁，智者謂智，而後始不能免耶？抑臯文一派之説，終不免有模糊影響之處，故雖同臭味爲陳氏者，亦難一其致耶？

夫詞於宋專亦精於宋。宋人之論詞者，不聞有硜硜於風騷，嘵嘵於比興者，何耶？南宋遺臣，愴懷故國，多欲言不敢之言，而後詞盛寄託；但北宋則此類之作，殊鮮見也。豈北宋詞之非詞耶？必謂詞必至南宋之有寄託者，方爲雅正宏大，然則詞之爲物，非與亡國之音，亂世之感相合者，即不得雅正，不得宏大矣，斯語也，又豈臯文等之所甘服耶？溯源温、韋者，並附會温、韋之詞，乃悉祖《離騷》，試問飛卿、端己之生平，果普遭遇何等奇冤極禍，一如屈大夫者耶？抑言之可以造于境遇之外，而情之可以真于摹之中耶？——凡此諸問，如先快然解決者，而後常州派之宜張宜周者，亦既彰彰明矣。

天下事見人之弊者，每每昧己之弊。皋文弊陳朱是矣，而己之弊則不察；介存矯而正之，庶得此中中道。彼纖佻輕倩，浮薄不倫者，固不是道，若矯枉過正，則孰若矯枉而不過正，且適得其正者之爲愈。乃世人之察介存，迥不如察皋文者之明。淺見者終謂詞自臯文之主風騷比興，而後尊重，而後光大，吾則以爲宋人有知，必冷笑不置於地下。若吾之分别于臯文、介存之間，且有所軒輊如此，或亦出于嚮守常爲詞派者之意外乎？

（原載《清華中國文學會月刊》第 1 卷第 3 期，1931 年 6 月）

詞學研究法

第一　作法

研究作詞之法，不外兩途：一，揣摩前人之作，知作者確有此法，而由我立其説；二，歸納前人之説，知作者確用此法，而由我定其説。

前人之説，即前人之揣摩所得也；盡信之，自不免爲其偏謬之處所誤，但究竟經過前人一番揣摩者，必有一部分爲彼所心得，由隱而之顯，由疑而之决，多寡必有足供後人繼武者也。且一空倚傍，純就古今篇章，探求底藴，而自繹其端，似非資稟過人，或從事既久者未必能；若中材與初學，仍宜先自步武（至少亦當參考）前人入手；及造詣略深，前人惠我誤我，不難辨剖，然後乃不必拘泥舊説，而自運靈慧、别具創獲，未爲晚也。

更有一層：作法與品藻不同，作法就大體之詞説是非，品藻就各人之詞説是非。品藻純憑各人主觀——同一人一詞也，獲我之心未必興彼之感；同一賞也，此賞其麗則，而彼賞其諧婉，甲賞其清新，而乙賞其俊雅。蓋品藻者，是於詞中已成之境，論斷其於讀者所致之果也；作法者，手段耳，境界耳。懸一果，欲致此果，當具如何之境；懸一境，欲臻此境，當由如何之途——斯作法也。前者全憑主觀，往往因人而殊；後者務求見効，故衹有一當而已。

於是兹所論列，亦先謀歸納，而後議揣摩焉。

（甲）歸納前人之説　自來論詞法者，創獲少而因襲多，而因襲者，每好貌爲創獲，凡所立説，其實多本於古人，乃必不肯明言其所本，他人一時失檢，遂爲其所欺焉。譬如“清空當以意會，又須時標新意”，所謂

"清新"之説,乃元陸韶《詞旨》語也,而明楊慎引之,不言所本,近人又引楊語,竟曰"楊升庵曰"云云矣。"布置停匀,氣脈貫穿。過片不可斷曲意,如常山之蛇,救首救尾"①,原亦《詞旨》語也,而陳繼儒引之,不言所自,近人又引陳語,亦竟歸之陳氏矣。類此之訛,不勝枚舉。至於近日坊間所有"指南"、"捷徑"、"百法"等書,孰非撏撦古人之言,編成章次者?乃標出處者固有之,而抹去來源,攘揄爲快者,又豈鮮乎?清人徐釚《詞苑叢談》,引前人書而失注其名目,深爲後人所詬病;如蓮子居詞話卷二所言。顧徐氏之失注,乃不暇注,非不願注也;且馮金伯之《詞苑粹編》亦已補正其失矣。江順詒纂《詞學集成》,明引先賢言論在前,而自抒己見在後,不妄改削,亦不事混淆,雖其書有掛漏之嫌,而其立言有則,則吾人於歸納前人之説時,所宜仿效者也。故言歸納之方,應守下列五義:

(一)説明出處。有卷數者,並及卷數。 (二)直載原文。如有删節,以標點顯明之。 (三)標舉要旨。每條之前,作簡括數字。 (四)部勒異同。論點同者,列在一處。 (五)自加論斷。先綜前説,後出己意。

顧歸納之道,尤首重標題。有標題,方有綱領,而前人紛紜之説,方有以包而舉之。此處所謂(四)部勒異同,猶是就每一題目内而言,若許多題目之間,更不可不具系統,以相維繫。清沈雄嘗輯《古今詞話》一書,其第二種名曰《詞品》,實則論詞法者,雖内容簡陋,而上下兩卷,標題共四十有五,較他書之同樣標題爲詳備,若删併其支與瑣者,則大概可用矣。兹略訂正分部如下,以供實際歸納作詞法者參考,謂必須如此方妥,則又不盡然矣。

(一總説) 作 改 模仿 創造 境界 取材

---

① 今校:原作"氣派貫串,過疊首尾相顧"。據元陸輔之《詞旨》(《詞語叢編》本)改。

（二詞意）　詞意總　詞　意　用事衍詞附

（三體段）　章　片　起　過片　結　句　字　虚字　襯字

（四體調）　令　引　近　慢　選調

（五題類）　情景總　情　景　詠物　節序　懷古　閑情　豔詞　壽詞　俳體

（六聲韻）　平仄　韻　協律　製調

（七雜論）　弊忌　其他

實際作此項分類歸納時，須立定主張者，尚有三端——

（一）遇新材料，當立新題目以包羅之。

（二）同一材料，而覺許多題目内皆可歸入者，則皆歸之；但詳其文字於一個題目内，餘則僅僅標舉要旨，注明“見某處”可也。如楊纘《作詞五要》，可全列入一總説之“作”；而五要之中；擇腔、擇律、按譜、三要，可列入六聲韻之“協律”；隨律押韻一要，又可列入六聲韻之“韻”；立新意一要，可列入二詞意之“意”。

（三）遇一材料，驟然不知何歸者，須細按其意，究竟側重何方而定之。如不能决，則應用前條辦法，各項複列；萬勿武斷，致他日檢閲時，反嫌掛漏也。

此項歸納之功既竣，可以名其所成之編曰“《詞法》”，與前人所謂《詞律》者並峙。蓋《詞律》言聲音之律，此則言文章之法也。兹就“第七雜論”内“弊忌”一項，略綜前人之説若干條，列以爲例——

《詞法》第七章雜論，第一節弊忌。

凡前人所揭詞家之弊，所舉作詞之忌，及一切論詞否定之説，皆彙於此節。昔馮金伯《詞苑粹編》有“指摘”一卷，有類於此，而義不廣焉。

（一）六失　聲音之道，關乎性情[1]，通乎造化，小其文者不能達其義，竟其委者未獲泝其源。揆厥所由，其失有六：飄風驟雨，不可終朝，促管繁弦，絶無餘蘊，失之一也。美人香草，貌託靈修，蝶雨梨雲，指陳瑣屑，失之二也。雕鎪物類，探討蟲魚，穿鑿愈工，風雅愈遠，失之三也。慘慽憯悽，寂寥蕭索，感遇不當，慮歎徒勞，失之四也。交際未深，謬稱契合，頌揚失實，遑恤譏評，失之五也；情非蘇竇，亦感迴文，慧拾孟韓[2]，轉相鬭韻[3]，失之六也。——《白雨齋詞話》自序按一失謂淺薄無寄託，二失謂情詞豔詞之泛濫，三失謂詠物之卑俗，六失謂俳體和韻之無聊。

（二）三弊　近世爲詞，厥有三蔽：義非宋玉，而獨賦蓬髮；諫謝淳于，而唯陳履舄；揣摩床笫，汙穢中冓，是謂淫詞，其蔽一也，猛起奮末，分言析字，詼嘲則俳優之末流，叫嚚則市儈之盛氣，此猶巴人振喉，以和《陽春》，黽蜮怒嗌[4]，以調疏越，是謂鄙詞，其蔽二也，規模物類，依託歌舞，哀樂不衷其性，慮歎無與乎情；連章累篇，義不出乎花鳥，感物指事，理不外乎酬應，雖既雅而不豔，斯有句而無章，是謂游詞，其蔽三也。——金應珪《詞選・後序》。

（三）二病　近日詞家，爰寫閨襜，易流狎昵，蹈揚湖海，動涉叫嚚，二者交病。——《白雨齋詞話》卷六引尤侗語。

（四）長調三忌　長調最難工，蕪累與癡重同忌；襯字不可少，又忌淺俗。——《詞繹》。

（五）演湊　作長詞最忌演湊。——《詞筌》

（六）小詞三忌　一不可入漁鼓中語言[5]；二不可涉演義家腔調；三不可像優伶開場時敘述。偶類一端，即成俗劣。——《詞筌》

（七）俚詞　游詞　伉詞　北宋間有俚詞，南宋則多游詞，而伉

---

① 今校："乎"，原作"於"。據《白雨齋詞話》（人民文學出版社 1959 年版）改。

② 今校："韓"，原作"輯"。據《白雨齋詞話》改。

③ 今校："鬭"，原作"聞"。據《白雨齋詞話》改。

④ 今校："嗌"，原作"嗑"。據《白雨齋詞話》改。

⑤ 今校：原脱"言"字，據《詞話叢編》本補。

詞則兩宋皆不免。——《白雨齋詞話》卷八按伉詞之意不明,大概指莽率不雅馴者。

（八）游詞　五代北宋之大詞人亦然①,非無淫詞,讀之者但覺其親切動人,非無鄙詞,但覺其精力彌滿。可知淫詞與鄙詞之病,非淫與鄙之病,而游詞之病也。——《人間詞話》

（九）隔　白石寫景之作,如“二十四橋仍在,波心蕩,冷月無聲”,“數峰清苦,商略黄昏雨”,“高樹晚蟬,説西風消息”,雖格韻高絶,然如霧裏看花,終隔一層。梅溪、夢窗諸家寫景之病,皆在一隔字。北宋風流,渡江遂絶,抑真有運會存乎其間耶?——《人間詞話》

（十）不雅　不韻　國初諸公②,……其病有二:一則扳襲南宋面目,而遺其真,謀色揣稱,雅而不韻;一則專習北宋小令,務取濃豔……取法乎下,弊將何極!——《白雨齋詞話》卷一

（十一）句讀不葺之詩　至晏元獻、歐陽永叔、蘇子瞻,學際天人,作爲小歌詞,直如酌蠡水於大海,然皆句讀不葺之詩耳。——《漁隱叢話》引李清照語。按原文“歐陽永叔”下,必有脱文。“學際天人”以下數語,專對蘇氏一人而發。

（十二）似詩　東坡問陳無己:“我詞何如少游?”無己曰:“學士小詞似詩;少游詩似小詞。”——《詞苑萃編》卷九引《坡仙集》

（十三）長短句之詩　辛稼軒、劉改之作,豪氣詞,非雅詞也。於文章餘暇,戲弄筆墨,爲長短句之詩耳。——《詞源》卷下按爲豪氣詞,固易流爲長短句詩,即初學不諳詞境者,亦動成長短句。

作詞之法……音律欲其協,不協則成長短句之詩。——《樂府指迷》

（十四）以曲作詞　前人有以詞而作曲者,斷不可以曲而作詞。——《柳塘詞話》卷三

（十五）好盡　明詞無專門名家。一二才人,如楊用修、王元

① 今校:“亦然”,原省略,今據民國十六年《王忠慤公遺書本》補。
② 今校:“國初”,原作“國朝”。據《白雨齋詞話》改。

美、湯義仍輩①,皆以傳奇手爲之。……其患在好盡,而字面往往混入曲子。——《蓮子居詞話》卷二

(十六) 多作俗諺　詞之原出古樂府,樂府多作俗諺,如“豨妃”、“淪浡”之類。填詞者效之,而每放愈下,稍近鄙褻。又以其道之通於曲也,因而“則個”、“甚麽”、“呆坐”、“快活”等字,無不闌入,而詞品壞矣！——《賭棋山莊詞話》卷二

(十七) 美刺　投贈　隸事　粉飾　人能於詩詞中不爲美刺,投贈之篇,不使隸事之句,不用粉飾之字,則於此道已過半矣。——《人間詞話》

(十八) 道學氣　書本氣　禪和子氣　詞之最忌者,有道學氣,有書本氣,有禪和子氣。吾觀近日之詞,禪和子氣絶無,道學氣亦少②,所不能盡除者,惟書本氣耳。每見有一首長調中,用古事以百紀,填古人姓名以十紀者,即中調、小令,亦未嘗肯放過古事,饒過古人。——《窺詞管見》參看(四十七)條。

(十九) 腐儒氣　俗人氣　才子氣　無論作詩作詞,不可有腐儒氣,不可有俗人氣,不可有才子氣。人第知腐儒氣、俗人氣之不可有,而不知才子氣亦不可有也③。尖巧新穎,病在輕薄;發揚暴露,病在淺盡。腐儒氣、俗人氣,人猶望而厭之,若才子氣,則無不望而悦之矣,故得病最深。——《白雨齋詞話》卷五參觀(三十四)(三十七)兩條。

(二十) 矜　作詞最忌一“矜”字。矜之在迹者,吾庶幾免矣,其在神者,容猶在所難免。——《蕙風詞話》一

(二十一) 作態　凡人學詞,功候有淺深,即淺亦非疵。功力未到,而已不安於淺,而致飾焉,不恤顰眉齲齒,楚楚作態,乃是大疵,最宜切忌。——《蕙風詞話》一

(二十二) 刻意爲曲折　詞筆固不宜直率,尤切忌刻意爲曲折。

---

① 今校:原脱“如”字,據《詞話叢編》本補。

② 今校:原文有省略,今據《詞話叢編》本補。

③ 今校:原文有省略,今據《白雨齋詞話》補。

以曲折藥直率,即已落下乘。昔賢樸厚醇至之作,由性情學養中出,何至蹈直率之失?——《蕙風詞話》一

(二十三)有字處爲曲折　當於無字處爲曲折,切忌有字處爲曲折。——《蕙風詞話》一按有字處之曲折,即矜持,雕琢。

(二十四)雕刻　詞不用雕刻,刻則傷氣,務在自然。——《詞旨》

(二十五)雕琢　詞忌雕琢,雕琢近澀,澀則傷氣。——《蓮子居詞話》卷一此二條亦可列(四十二)條後。

(二十六)俗　詞家之病,首在一"俗"字。——《白雨齋詞話》七參看(五十)條。

(二十七)鄙俗　康伯可、柳耆卿音律甚協,句法亦多有好處,然未免有鄙俗語。——《樂府指迷》

(二十八)俚淺　黄按黄指黄庭堅。時出俚淺,可稱傖父。——《詞苑萃編》卷九引陳師道語。

(二十九)率俗　昔人詠節序不惟不多,付之歌喉者[①],類是率俗,不過爲應時納俗之聲耳。——《詞源》卷下

(三十)爲風月所使　"風月"二字,在我發揮,二公按二公指康與之柳永。則爲風月所使耳。——《詞源》卷下

(三十一)澆薄　詞欲雅而正,志之所之,一爲情所役,則失其雅正之音。耆卿伯可不必論。雖美成亦有所不免。如"爲伊淚落",如"最苦夢魂,今宵不到伊行",如"天便教人,霎時得見何妨",如"又恐伊尋消問息,瘦損容光",如"許多煩惱,只爲當時,一餉留情",所謂淳厚日變成澆風也。——《詞源》卷下按"天便教人"及"許多煩惱"兩句確弊澆薄,餘句亦並列此中,未免過矣。

(三十二)以情結尾　以景結情最好,……或以情結尾亦好,往往輕而露。如清真之"天便教人,霎時厮見何妨",又云"夢魂凝思鴛侶"之類,便無意思,亦是詞家病,却不可學也。——《樂府指迷》

(三十三)市井語　孫花翁有好詞,亦善運意,但雅正中忽有一兩句市井語,可惜!——《樂府指迷》

---

① 今校:原文有省略,今據蔡楨《詞源疏證》(中國書店 1985 年影印版)補。

(三十四)輕倩　填詞先求凝重。凝重中有神韻,去成就不遠矣……若從輕倩入手,至於有神韻亦自成就,特降於出自凝重者一格。——《蕙風詞話》一參看(四十九)等條論纖巧者。

(三十五)輕淺語　吴元可《采桑子》"一樣東風兩樣吹",輕淺語,自是元人手筆,國朝陳玉璂之"欲罵東風誤向西",愈趨愈下矣。——《白雨齋詞話》卷六

(三十六)輕浮　不縝密　王輔道、履道善作一種俊語①,其失在輕浮,輔道誇捷敏,故或有不縝密。——《碧雞漫志》卷二

(三十七)聰明語　今人論詞,不向《風》、《騷》中求門徑,徒取一二聰明語,歎爲工絶。——《白雨齋詞話》卷五

詩詞中淺薄聰明語,余所痛惡。一染其習,動輒可數十首。無論其不能傳,即徼倖傳之後世,亦不過供人唾罵耳,何足爲重!② ——同上卷八

(三十八)浮豔　樸實鄙陋　文采可也,浮豔不可也;樸實可也,鄙陋不可也;……情以鬱而後深,詞以婉而善諷,故樸實可施於詩,施於詞者百中獲一耳。樸實尚未必盡合,況鄙陋乎?——《白雨齋詞話》卷八

(三十九)用替代字　詞忌用替代字。美成《解語花》之"桂華流瓦"境界極妙,猪以"桂華"二字代"月"耳。夢窗以下,則用代字更多。其所以然者,非意不足,則語不妙也。蓋意足則不暇代,語妙則不必待。——《人間詞話》實按此則,即前一則之樸,所言義是,而例非。

(四十)質實　詞要清空,不要質實。清空則古雅峭拔,質實則凝澀晦昧。姜白石詞如野雲孤飛,去留無迹。吴夢窗詞如七寶樓臺,眩人眼目,碎拆下來不成片段。——《詞源》卷下按此條即下數條之"晦"。

(四十一)太晦　夢窗深得清真之妙,其失在用事下語太晦處,人不可曉。——《樂府指迷》

---

① 今校:"王輔道"後脱"履道",據《碧雞漫誌校證》(巴蜀書社 2000 年版)補。

② 今校:"輒",原作"決";"即",原作"又"。據《白雨齋詞話》改。

（四十二）僻澀　陳無己……用意太深，有時僻澀。——《碧雞漫志》卷二

（四十三）隱晦　詩詞未論美惡，先要使人可解。……嘗有意極精深，詞涉隱晦，翻釋數過，而不得其意之所在。——《窺詞管見》

（四十四）滑易晦　夢窗足醫滑易之病；不善舉之，便流於晦。——《詞選》

（四十五）晦滑　能深入不能顯出則晦，能流利不能蘊藉則滑。——《詞選》

（四十六）掉書袋　放翁稼軒，一掃纖豔，不事斧鑿，高則高矣，但時時掉書袋，要是一癖。——《詞苑粹編》引劉克莊語。按此下三條，與質實最有關，故附見於此。

（四十七）多用事　辛稼軒……作《永遇樂》，"千古江山，英雄無覓，孫仲謀處"……岳珂曰：……"微覺用事多耳。"①——《詞苑粹編》卷九引《古今詞話》。

（四十八）堆積　詞忌堆積。堆積近縟，縟則傷意。——《蓮子居詞話》卷一

（四十九）粗纖硬軟　詞要恰好；粗不得，纖不得，硬不得，軟不得；不然，非傖父，即兒女矣。——《詞概》

（五十）纖　真正作手，不愁亦工，不俗故也。不俗之道，第一不纖。——《蕙風詞話》參觀（二十六條）

（五十一）纖滯　能尖新不能渾成則纖，能刻畫不能超脱則滯。——《詞選》

（五十二）粗俗　纖巧　梅溪才思，可匹竹山。竹山粗俗，梅溪纖巧。粗俗之病易見，纖巧之習難除，穎悟子弟，尤易受其熏染。——《宋四家詞選·序論》

（五十三）生硬　姜白石清勁知音，亦未免有生硬處。——《樂府指迷》

---

① 今校："用事多"，原作"多用事"，據《詞話叢編》本改。

(五十四)軟媚　美成負一代詞名……作詞者多效其體制,失之軟而無所取。——《詞源》卷下

(五十五)無骨力　謝無逸字字求工,不敢輒下一語。如刻削通草人,都無筋骨,要是力不足。——《碧雞漫志》卷二

(五十六)酸腐　怪誕　粗莽　詞之最醜者,爲酸腐,爲怪誕,爲粗莽。——《詞筌》

(五十七)寒酸語　寒酸語不可作。即愁苦之音,亦以華貴出之。飲水詞人所以爲重元後身也。——《蕙風詞話》一

(五十八)牛鬼蛇神　牛鬼蛇神,詩中不忌,詞則大忌。——《詞逕》

(五十九)蹈襲　詞以意爲主,不要蹈襲前人語意。——《詞源》卷下

(六十)陳陳相因　感慨所寄……隨其人之性情、學問、境地、莫不有由衷之言。……若乃離别懷思,感士不遇①,陳陳相因,唾瀋互拾;便思高揖温韋,不亦恥乎!——《介存齋論詞雜著》

(六十一)套語　典雅之事,數見不鮮,亦宜慎用。如"蓮子空房","人面桃花"等字,久已習爲套語,不必再拾人唾餘。——《白雨齋詞話》六

(六十二)割裂　後人以集句爲割裂,近代以襲句爲割裂。情語未圓,割强先露,是第一病。——《柳塘詞話》卷二

(六十三)複　詞欲婉轉,而忌複。——《詞繹》

(六十四)三重四同　第五要立新意……更須忌三重、四同,始爲具美。——《作詞五要》

(六十五)韻雜　音連　字澀　詞宜耐讀……首忌韻雜,次忌音連,三忌字澀。……音連者何?一句之中,連句音同之數字。——《窺詞管見》

(六十六)忌用之字　詞中如"佳人"、"夫人"、"那人"、"檀郎"、"伊家"、"香腮"、"心兒"、"蓮瓣"、"雙翹"、"鞋鈎"、"斷腸天"、"可憐

---

① 今校:"若乃離别懷思"後脱"感士不遇"四字,今據《詞話叢編》本補。

宵”、“莽乾坤”、“哥”、“奴”、“姐”、“耍”等字面，俗劣已極，斷不可用。即“老子”、“玉人”、“這個”、“好個”、“那個”、“拚個”、“原是”、“嬌嗔”、“兜鞋”、“恁些”、“他”、“兒”等字，亦以慎用爲是。蓋措詞不雅，命意雖佳，終不足貴。——《白雨齋詞話》卷六按此條所舉，不無過嚴。

以上六十六則，分爲七段：一至五爲古今通弊；六至九爲各時代之弊；十至十四爲體格上之弊；十五至十八爲關係較大之弊；十九至二十四之矜，二十五至三十二之俗，三十三至三十六之輕，與以下比較，皆屬各自爲弊者；三十七至五十五，其間疏與密，浮與實，晦與滑，粗與纖，硬與軟，與以上各條比較，則皆屬相對爲弊者；五十六至六十三爲關係較小之弊；六十四以下，則爲字句聲韻之間，益較瑣屑之弊矣。兹所舉列前人已言之例，雖尚未足云備，然詞之源流、表裏、根本、枝節之種種過失，種種不是，有此七段，各方面已大略周至，如再檢得他條，可以按此七段，分别增附於其間，不至茫無頭緒也。

以上各家之論，皆旨在指迷摘謬，爲一般詞人而發；即嗤一人一篇之作者，其人亦不必與論者同時，在論者實别無作用，其心甚公，初無所蔽也。然好惡所準，稟性與識力，兩俱有關；因其見或未至，理或未真，則所言者或立意既偏，或措辭過激，或舉例微乖，其中往往不免，學者未可以一概盲從，不予考量也（如《白雨齋詞話》之絶對主張《風》《騷》，厓岸過高，途徑過仄；《人間詞話》之專宗北宋以前，責備南宋，言過其實等是）。

綜各家之説，詞弊之大者，不外四點：一曰不純正，二曰不雅重，三曰不自然，四曰不真切。如（三）之叫囂，（四）之蕪累，（六）之伉詞，（十七）（十八）兩條，（四十九）之粗硬，（五十六）之怪誕，（五十八）之牛鬼蛇神等，皆不純正也；（一）之無餘蘊與瑣屑，（二）之淫詞與鄙詞，（三）之狎昵，（四）之淺俗，（五）之俗劣，（六）之俚詞，（九）與（二十五）（三十三）以下各條，（四十四）之滑，（四十九）之纖，及（五十七）（六十二）等條，皆不雅重也；（一）之鬥韻，（二十）以下之矜,(三十九)之用替代字,(四十)之質實,(六十二)之割裂等,皆不自然也;(一)之感遇不當,頌揚失實,情感迴文,(二)與(六)之游詞,(八)之隔,(十六)之四項,(三十八)之浮豔,(五十九)以下三條等,皆不真切也。且所謂不純正者,尤重在體格之弊;不雅重者,尤重在用意之弊;不自然,不真切者,尤重在遣辭之弊。體格與辭意三者足以概括一切,故純正、雅重、自然、真切之四不,亦足以籠蓋諸端也。

以上所舉之一例,於説明出處,直載原文,標舉要旨,部勒異同,自加論斷五事,皆一一做到。如此於前人之每一説,成立抑不成立,通行抑獨異,中肯抑偏頗,俱可看出。其不善者當不至爲其所惑,善者乃可永久信賴之。學者於前人之説,能一一羅而備之,辨而用之,則操翰臨文,孰非孰是,何去何從,胸中早有凖則,其益於製作者,果何如哉!

(乙)揣摩前人之作　前項歸納前人之説者,宗旨在集思廣益,其事爲搜輯,爲分類,爲排列,爲省察,爲論斷。因前人之業中,於此一事,尚未成有專書(僅一《詞學集成》似之,頗嫌簡陋),學者於今日欲享其利,必自己一切從頭做起。至于所以揣摩前人之作者,不外兩事:一乃讀選本以博其趣,一乃專一家以精其詣。選本之輯,自《花間》創始以來,無代無之,無派無之,或狹或宏,或偏或正,成書者已不少,重要者余昔已別有著録。專家之集,如唐宋元人所爲詞,已經《全唐詩》、《宋六十一家詞》、《四印齋刻詞》、《彊村叢書》等,編訂校讐者,不下三四百家。是吾人今日欲從事揣摩,於選本專集,二者俱有成書可用,略有採擇,即可徑爲省察論斷,不須再如歸納詞説者之從事搜輯矣。至於整理前人所未經編訂校讐之詞,其業完全屬於整理方面,另詳後文專集選集之研究一章。

"揣摩"云者,閱讀與思考耳。閱讀在求得辭意之所宜,與腔調之聲韻,轉折;思考在求得作者意境之所止,與其文章之所以成。倘於某一作家,皆擷其詞之精華,習其詞之腔韻,會其詞之意境,而於其文章所以致力之由,復了然於胸次,則退而操觚,即以此家爲凖則,加以習練,尚有不就者乎?倘於諸名家皆能作如是之研求,而不限一格,胸次所積,精而且富，然後融合衆長，祛除諸弊，運以智慧，充以性靈，變化出於穩成，隱秀俱有根本，則自立一派，更有何難？兹列揣摩意境，與揣摩文法之次第如次，其涉及聲韻者，詳於下文詞律之研究中。

（一）通解文字　讀詞之次序，先暢其句讀，次洞其題旨，次評其本事，次盡其典實，與所用替代之字，此所謂通解文字也。句讀固應以文意爲準，而其調之聯貫、停頓，與夫叶韻之處，亦不可不先檢譜式而知之。凡有題目者，題旨自明；若無題目，苟非脱漏，即以無題爲題也。詞體初創，多以調名爲題目，唐人詞中，猶可考見。自後此制漸失，在短調語無僻澀，意無隱晦者，題目之有，本同贅疣；至南宋之長調，組織全異，有題者大旨所在，尚需揣而後知，況無題者乎？又有作者，於工詞之餘，兼工爲題，則其詞旨大明，無待鉤稽矣。本事多出於筆記小説，《詞林紀事》一書，已大略備之，亦間有當時後世，因其詞之流播人口，乃故爲曲説，附會出之，以炫耳目者，則信與不信，倘不關宏旨，亦毋庸辨也。典實之求，端在博洽，注釋類書，亦足爲助。然詞家每每融化詩句，其詩句之來源，不同典實，不必一一追求，求之反覺無味也（詳下文專集之研究“考訂箋釋”一條）。替代字除有關典實者外，以意會之已足，膠柱鼓瑟，大可不必。如前人之用《説文》解詞，未免迂矣。宋胡仔《漁隱叢話》曰：“少游《踏莎行》，爲郴州旅舍作也。黄山谷曰：‘此詞高絶。但“斜陽”、“暮”爲重出，欲改“斜陽”爲“簾櫳”。’范元實曰：‘只看“孤館閉春寒”，似無簾櫳。’①山谷曰：‘亭傳雖未有簾櫳，有亦無礙。’范曰：‘詞本摹寫牢落之狀，若曰簾櫳，恐損初意。’②今《郴州志》竟改作‘斜陽度’。余以‘斜陽’屬日，‘暮’屬時，不爲累，何必改？東坡‘回首斜陽暮’，美成‘雁背斜陽紅欲暮’，可法也”③。清宋翔鳳《樂府餘論》曰：“按引東坡美成語，是也；今屬日時，則尚欠明析④。《説文》：‘莫，日且冥也，從日在草中’。今

---

① 今校：“范元實”，原作“危元實”，據《詞話叢編》本改。

② 今校：“摹寫”，原作“描寫”，據《詞話叢編》本改。

③ 今校：“可法”，原作“一法”，據《詞話叢編》本改。

④ 今校：“今屬日時，則尚欠明晰”，原作“今屬□時□□□明析”，據《詞話叢編》補。

作‘暮’者，俗。是‘斜陽’爲日斜時。‘暮’爲日入時，言自日昃至暮，杜鵑之聲，亦云苦矣！山谷未解‘暮’字，遂生轇轕。”其實“暮”字乃動詞，謂爲“盡”字、“没”字等之替代字可矣。黄固迂，胡謂“屬時”，作名詞，不作動詞，宋謂“暮爲日入時”，仍作名詞看，不作動詞看，徒引説文，仍然轇轕也。

（二）確定比興　詞法無不用比興者，惟所比所興之近遠，説者每每無定。無作者之意，祇有一也，讀者之所領會，若近而不及，是深負作者，若遠而失實，是厚誣作者，二者俱有不當；必須不即其辭，而又不離其意。斯得其真實可信之旨，斯所謂確定比興也。温庭筠《菩薩蠻》：“新貼繡羅襦，雙雙金鷓鴣。”鷓鴣雙雙，若云形成綉襦之精美，是泥於辭也，若云旨同《離騷》之初服，見張惠言《詞選》。是鑿於意也；謂因見鷓鴣之雙飛，製襦之人乃興起自身之孤獨，則與上文弄妝遲懶，花面交映之旨皆合矣。辛棄疾《菩薩蠻》：“江晚正愁余，山深聞鷓鴣。”鷓鴣愁聞，若謂僅尋常之鳴禽興感，則以副上文之行人多淚，長安可憐，豈不太覺淺率？然後知作者於金人追逐隆祐御舟之事，確有所感，特謂鷓鴣之鳴，乃指恢復之業行不得，見羅大經《鶴林玉露》。則又未免臆斷耳。故比興之確定，必以作者之身世、詞意之全部、詞外之本事，三者爲準。温氏初無屈平之身世，即難以《離騷》之義，相比附；金人有造口逐舟之事實，則緣當年時局而興感，自屬可信；更參考以通篇辭意，俱無窒礙，方足爲定論。若三者有一於此爲不合，則未容强有所執也。且學者之揣摩，與其厚誣古人，毋寧深負古人。蓋所以負者，見解未至也，始而未至，進而可以至；所以誣者，必心目有所蔽也，若所蔽不除，則愈去愈遠，迷而不返矣。因是讀詞之道，于詳盡詞中之典實與本事之外，尤須考明作者之身世境地，此實一重要之準備也。

（三）體會意境　近人况周頤《蕙風詞話》有曰：“讀詞之法，取前人名句意境絶佳者，將此意境締構於吾想望中。然後澄思渺慮，以吾身入乎其中而涵泳玩索之。吾性靈與相浹而俱化，乃真實爲吾有，而外物不能奪。”此其意謂藉古詞之意境，以感化讀者之性靈，性靈既如古詞，人亦遂如古人，是其宗旨，在人而不在詞也。兹所謂“體會意境”者，乃讀詞之時，我心先得古人詞中有何意境，然後便知我心若有類似之意境時，即可效法古人之詞而表之，宗旨在讀詞而學爲詞，不在讀詞而學爲人也。惟詞中意境，非由我體會而得者，終非我真實所有。而“體會”云者，乃以自己之思想、感情爲根據，而與古人之思想、感情相會也。進言之，即以我之精神，恰可與古人之精神相往還。淺言之，即古人詞中之情如此，而我恰與之表同情耳。然則合者自合，不合者自不合，吾淺則淺合，吾深則深合，同情則同，不同情則不同，初不必有一毫勉强也。惟其真實相合，恰切相同，毫無勉强，則我所得之意境，當然即我自己所曾有；我之意境，曾如何得之於詞，則類似之者，當然即知其如何發之於詞矣。讀前人詞而不能學之者，未曾恰有所得耳。未曾恰有所得者，未曾體會耳。古今人情相去不遠，倘細爲體會，終不至無所合，所患者以耳目代心靈，而人云亦云，或掠影浮光，淺嘗輒止。此揣摩他人之作者，一面有人，一面猶貴有己；有人寓於有己之中，然後無得而不爲用矣。

（四）認真詞法　意境如何，既纖巨皆得，則於其如何表此意境之法，可以切實體認一番。此因各家不同，各詞不同，而讀者如隨有所得，隨爲寫定，彙而總之，亦必有條理可尋，綱領所歸，不至如何繁瑣也。此種體認，大概可以分爲三層著眼：一，全部章法；二，拍搭襯副部分；三，好發揮筆力部分。後二者説見張炎《詞源》，即詞中“疏”與“密”兩部分也。此三層或兼有，或分有。兹略舉數例，以見其義。

（例一）温庭筠《菩薩蠻》

“小山重叠金明滅，鬢雲欲度香腮雪。懶起畫蛾眉，弄妝梳洗遲。　照花前後鏡，花面交相映。新貼繡羅襦，雙雙金鷓鴣。”

此詞前闋首句寫居室服御，次句寫人，三四兩句寫情事；後闋前二句寫感喟，從上面之情事遞下，而引起下面二句，情意之結穴。其全部章法，乃由地而及人，而及事，而及情，層遞而下，前後闋一貫。寫地、寫人，固屬於引起襯副，即寫情事兩句，亦尚是狀態居多，故前闋可謂全爲後闋之張本，並非全詞精粹部分，後闋言鷓鴣之雙雙，明其感喟之果，已到意境止處，若全詞深厚，實尤在感喟兩句也。蓋花面交映，淺言之，乃人面如花；進一步想，花非久榮之物，則人之朱顏憔悴，亦自在意中；再進一步，花及芳時，猶有人於鏡中簪惜，人及芳時，誰爲憐取？再進一步，正在芳時，眼前並無人留戀，則韶年易過，秋扇之捐，固足憂懼，即令駐顔有術，常得不老，豈便能博取人情之真，而恒久不變？凡此種種意境，舉可從"交相映"三字中生出，是在讀者之細細體會，得深、得淺，要以我心爲主，不必强同于人耳。至於修辭之法，可以認定如下。——

前闋前二句——擇舉精要。擇言山枕，以概全室服御之精；擇言鬢雲，腮雪，以概美人全體。

後二句——情事融會。"懶"字"遲"字，本以言事，而情亦在其中。

後闋前二句——比。以花比人。

後二句——興。因鷓鴣之雙，興人之孤獨。

（例二）李後主《浣溪紗》

"轉燭飄蓬一夢歸，欲尋陳迹悵人非，天教心願與身違！　待月池臺空逝水，蔭花樓閣謾斜暉①，登臨不惜更霑衣。"

此詞首二句敘事，三句概言衷曲，四五兩句就"人非"之反面，景物依然作鋪敘，末句表出深情。衹首二句可視作引起襯副部分，餘皆精粹。章法於前闋立意，後闋受之。前闋陡結；後闋之結，承上兩句：二者不同。或云：首句明言"夢歸，"以下皆是夢中故國之感，乃後主囚虜以後之作，則未必然。夫悲天憫人，感時傷逝，正後主至情之人，隨在常有之心境，愈處晏安，愈念憂患，愈當繁勝，愈感衰歇也。論文字則前結沉痛，後結纏綿，尤以後結寓有千迴百折之情，哀傷之極，深厚之極。"待月"兩句，對仗精整，而語之自然，仍如觸著，亦可注意。

（例三）周邦彦《六醜》（薔薇謝後作）。

"正單衣試酒，悵客裏光陰虚擲。願春暫留，春歸如過翼，一去無迹。爲問'家何在？'夜來風雨，葬楚宫傾國。釵鈿墮處遺香澤，亂點桃蹊，輕翻柳陌，多情更誰追惜？但蜂媒蝶使，時叩窗槅②。

① 今校："謾斜暉"，原作"漫斜暉"。據《全宋詞》改。

② 今校："窗槅"，原作"窗隔"。據《全宋詞》改。

東園岑寂，漸蒙籠暗碧。静繞珍叢底，成歎息。長條故惹行客，似牽衣待話，别情無極。殘英小、强簪巾幘，終不似一朵、釵頭顫裊、向人欹側。漂流處莫趁潮汐。恐斷紅尚有相思字，何由見得？”

此詞大意，乃作者借謝後薔薇，自表身世。時而單説人，時而單説花，時而花與人融會一處；時而表人與花之所同，時而表人不如花之處。曰“客裏”，曰“家何在”，曰“行客”，曰“漂流”，是其意旨所在也，前後固一貫。

前闋首二句説羈人，次三句説花謝。“春歸”實“花謝”之替代語也。以上皆襯副。“爲問”三句精粹，既謂因風雨之葬送，致傾國於無家，更謂因屬無家之物，故雖擅傾國之姿，風雨亦不見憐；含思哀惋之至，乃説花與説人融會之處也。“釵鈿”三句襯副。“多情”三句精粹。“但”字非“僅有”之意，乃轉語，“猶有”之意也。零落之餘，祇遺香澤，應無復追惜之人物，但蜂蝶癡憨，猶來叩窗尋問，堪許知己；言外謂客裏飄零，終不能得慰藉，人固不如謝後之薔薇耳。何以知其然？曰：兩處精粹，皆特用問語領起，重在表示“無家”與“無人追惜”之意，甚分明也。

後闋“東園”三句，因物及人，襯副而已，引起下文牽衣話别，强簪殘英，斷紅難見三事。“成歎息”一語，直貫到底，所歎息者，上三事皆在内也。落花向行客話别，自多同病之憐；殘英强簪，乃令人回想芳時姿韻，映帶謝後景况，有無限珍惜。推此珍惜之意，覺芳時固當鄭重，即謝時亦何容草草，斷紅之内，固仍寓相思無限也。前一事花與人自爲聯絡，後二事似全説花，而由花興人之處，消息只可以神會，而難于説實。末句復用一問語，以示有物無可表見之意。若於“東園”三句中，詞意即先及流水，則歇拍之“潮汐”、“斷紅”，便屬有根，而組織乃益爲緻密矣。或謂殘英强簪，不爲釵頭顫裊，向人欹側之態，乃覺殘英自有殘英可貴之品格，以喻人雖爲落拓之行客，終是孤高絶俗，不作阿世醜容也，此義尤精到。

章法乃因人及物，因物及人，糾紐拍搭而成；修辭則專擇情景幽通之處，融會入細，并重用問語，以提明意旨。

（例四）辛棄疾《賀新郎》（別茂嘉十二弟）。

“緑樹聽啼鴂，更那堪杜鵑聲住，鷓鴣聲切！啼到春歸無啼處，苦恨芳菲都歇。算未抵人間離别。馬上琵琶關塞黑，更長門翠輦辭金闕，看燕燕，送歸妾。　將軍百戰身名裂，向河梁回頭萬里，故人長絶，易水蕭蕭西風冷，滿座衣冠似雪。正壯士悲歌未徹，啼鳥還知如許恨，料不啼清淚長啼血！誰伴我，醉明月？”張惠言《詞選》，此詞注云：“茂嘉蓋以得罪謫徙，故有是言。”

此詞章法乃以一氣包舉，祇作翻騰，不爲尋常停頓。一起若是閑情，“算未抵”句一轉，文情陡健，乃分别以上是時序變遷，以下是人間離别。於是歷舉王嬙、李陵、荆軻三人之事，至“正壯士”句，纔欲拍題及茂嘉，乃毫不沾滯，隨即環抱前文，仍一用啼鳥，而已作收束矣。結語與全詞，又在似聯不聯之間；歇拍换頭，種種關節，到此已全失常態；祇覺突如其來，奔騰而去，戛然以止，囫圇一片，無從判其襯副與精粹。昔人謂稼軒乃詞中之龍，真喻得其當也。措辭能于敘述之中，寓無窮感喟，字面個個挑動情緒，語語跳躍不凡，而聯貫一串，皆自然出之天成。

以上四例，初無系統，不過隨手拈得，疏具文法之大概，以見其文章所以致成之由。雖於古人之作，見解未必人人一致，一時領悟，亦未必完全可靠，然讀詞者每讀一詞，必能如此觀察真切，推詳盡至，剖析明白，判斷確實，此詞之法，方爲我得，方爲我用。縱今日不必以昨日揣摩者爲是，他人不必以我揣摹者爲然，要於其詞之意境詞法，既已脚踏實地，揣摩一番，而不聽其隨便混過，則其真是非終不難見也。又所得雖不必一一筆之於書，要不可不一度深思涵詠於意表。若筆之於書，初不必立一定方式，可隨詞審察，隨手標注，祇以明晰爲歸；積之既多，試爲比較聯絡於其間，當不難得頭緒耳。惟所言者，須確是章法、詞法之剖解，若尋常品藻之語，萬勿闌入；作法與品藻兩事，上文已明言之矣。

總之：揣摩前人之作者，但知有書中文字，與心内主張，由我立説，有詞爲證，其作法如何，得之親切，用之亦必透徹；所失者不免一人偏見，一時誤解，足以自陷於歧途耳。歸納前人之説者，採取須博洽，評斷須貫通，所得每較浮泛，用之亦不易入細；然其長處在所得理法，輕過多人體會，必不至根本大謬也。倘二者能兼至，則於作法之研究，尚有間言乎？

第二 詞律

"律"者，吕也。"詞律"者，本意應爲詞之樂律也。觀於楊纘《作詞五要》之言，可知詞家每作一詞，應先按月擇律，其次按腔擇調，此層楊氏列爲第一要，實則第二件事也。再其次按律定韻，而終乃按譜填詞。此四事中，前三者乃音樂腔調間之事，末乃文字字句間之事，但主旨皆所以合樂者，即皆詞律範圍以内之事也。自詞樂既亡，虚存樂律之源，即張炎《詞源》上卷所載。羌無音譜之實。僅姜夔詞集附有音譜，但自宋以來，幾經傳鈔翻刻，訛舛日多，無從訂正。舉凡擇律以至填詞四事，若僅就前人已有之明文，或既定之程式中，奉行故事則可，若欲活動應用，形成合樂之詞，或表見詞之合樂，則詞律一事——詞之樂律——處今世詞樂淪亡之日，實已無可爲言矣。雖然，音譜云亡，不過不能歌唱而已，若各調之句法自在，固猶可以吟諷也。一經吟諷，則亦有所謂諧與不諧，協與不協者判焉。故詞樂亡後，音樂間歌唱之律，雖無可言，若文字間吟諷之律，尚得藉所有句調，以詳言之也。"詞律"二字，宋金以後，元明以來，所以仍能繼續不斷於詞人之口者，正以此耳。至清人考據之學大成，事事綜核名實，不肯與前人苟同，所硜硜以言詞律者乃尤甚。觀其操持之堅，與夫鍥合之密，宋人反不如焉，何論元明！然一按其所謂詞律之範圍與意義，則擇律、擇調、定韻三事，早已完全捨去，所存者僅按譜填詞之一端而已；至其所以言者，雖處處必推宋人歌唱之律以爲準繩，而其所言者雖逐字逐聲周詳審慎，但於勘定以後，亦衹供吟諷而已，吟諷以外，實無能爲力也。清初詞人，間有藉南曲崑腔之譜，以復詞之歌唱之業者，結果仍是曲樂，并非詞樂，張冠李戴，畫虎類犬，徒然蒙譏，不足爲訓，前人早有定論矣。即一般講求詞律者，甚至主張今日爲詞，宜通首全用宋人四聲，若試問其宗旨何在，亦初不爲求合于崑腔之譜也。

詞律之大概情形，既如上述，然後于研究詞律之法，可以得其端倪矣。蓋詞律既分歌唱之律與吟諷之律兩種，則所以研究詞律者，當然亦可分爲兩途，即考訂古人諧于歌唱之律，與習知今人諧于吟諷之律是也。研究諧于吟諷者，因吟諷之事，無論何人何時，皆優爲之，此種研究固常得實際之應用，即彼研究諧于歌唱者，因詞既諧于歌唱，亦可謂其即諧于吟諷，故此種研究，亦同樣可以致用，并非考訂之餘，僅供保存而已。如唐五代之詞調，衹分平仄，不分去上，而又三五七言爲多者，既諧於昔人歌唱，即諧於今人吟諷，此種固然是諧，即南宋詞調，多所謂拗句澀腔者，其于吟諷之間，亦往往别成奇趣，得不諧之諧也。惟所謂“不諧之諧”，所謂“别趣”，感覺上不能人人强同，得之則得之，不得則不得。填詞者果於其調有所嗜好則用之，不好之則不用；若既已用之，則于昔人歌唱之諧，與夫體調之本，皆必須一一歸還古人；規矩準繩所在，必不容隨意改抹，甚至蕩廢滅裂，畫虎類犬，而復指鹿爲馬也。故研究詞律者，始也習知吟諷與考訂歌唱，雖旨各有歸，而終也投合所好，與保存詞體，必用不相犯。固不必勉强目前一己之快，以遷就古人過去之體，亦不可混亂古人已成之體，以逞自己一時之快。不好之則不用之可，用之而復亂之則不可，此乃研究詞律上根本之一義，學者所不可不省者也。

（甲）諧於吟諷之律　吟諷之律，知之甚易。其内容不過（一）句讀之抑揚行止，（二）字之平仄相間，（三）韻之疏密順口，其事則不過誦讀而已。未填一調，宜先頻頻諷誦此調古人之作，將其首尾起落，筋節轉换，俱會于意，長短頓挫，聲氣開合，悉融於口，而後再就題選韻，以試填之，自得聲韻之諧。蓋讀詞之時，于揣摹其文字與作法而外，本應兼習其調之腔韻，一舉固可以兩得耳。

論句法則有行有止，有抑有揚。長言以行者，往往短言以止；短言以行者，往往長言以止；要成參差錯落之美而已。一、三、五、七言之句多揚，而二、四、六言之句多抑。每一句中，上下之連與斷，如五言之上一下四，或上二下三，或上三下二，六言之上二下四，或一字領頭，或三字折腰，七言之上三下四，或上四下三，其間亦以單言在下者爲揚，而雙言在下者爲抑。論平仄則一句之中，不宜三平三仄相連，第二、第四、第六字必平仄相間，一、三、五往往平仄可通數句之間，彼此之末字，除叶韻外，在唐調多平仄相間，在宋詞則無準焉。論叶韻則凡連者密者爲諧，否則較遜，故唐調換韻而又間叶者之“隔”（如《酒泉子》前闋一三四句，及後闋末句，叶一平韻；而前闋次句，與後闋一二四句，另叶一仄韻），與夫宋調四句五句始一叶韻之“疏”（如《西平樂》後闋十六句祇三叶韻），於歌唱之時，容或成爲別調，若于吟諷之間，則皆無取焉。

雖然，此特其大概耳，若意義之隱顯，字面之生熟，往往亦影響於聲韻。同一調中，在他詞某一字原可平可仄，某一韻原可去可上者，在此詞則覺平不如仄，或仄不如平，或並平之陰陽，仄之上去入，亦覺有宜有不宜，而不可通假，此即由於意義隱顯，字面生熟，均有關也。此種隨詞而異，捉摸無定之律，須於平日多所揣摩，以養成其標準於心目之中，臨時有此標準，再沉吟調協于脣吻之際，然後自判其諧與不諧耳。

惟因人人有脣吻，人人能吟諷，人人能判别孰諧孰不諧，自來作家，遂以其易也而忽之，不加深思，結果失之于知其然而不知其所然。學者倘於誦讀之餘，再取諧於口吻之長短諸調，就句法、平仄、叶韻三方面，分途考證，各加以分析綜合，稽得條例，推出原因，彰而著之，庶幾足以完成此學，而昭示來者；若上文所論及者一二，不過見其端緒，聊以示例而已。

（乙）諧於歌唱之律　歌唱之律，如上文所舉楊纘之言，原應包含擇律、擇調、定韻、填詞四事在内。自宋人所遺留之詞業中，樂字之譜不傳，所傳者僅有文字之調，於是擇律、擇調二端，學者對之，皆失所憑藉，乃統歸之於詞樂範圍以内，置諸不聞不問之列；惟定韻、填詞兩項，與文字鍥合爲一，後人有所準繩，有所依據，故詞家尚昌言研討，而刻意遵從。論其實則僅此兩端，雖從事盡善，精密無間，起宋人而令之歌唱，宋人必猶以爲小處多拘，而大處反略也。兹因下文有論詞樂研究之一節，故畫擇律、擇調等説入下文；若本節所論，則僅及定韻與填詞部分而已。

所謂研求定韻與填詞之律者，不過求得各調中，句讀、片段、四聲、叶韻之一定標準而已；標準以外，能再詳其例外，則其事畢矣。前人之爲此事者，首推張綖之《詩餘圖譜》及賴以邠之《填詞圖譜》。顧兩家皆所見者狹窄，所思者淺陋，而所爲者方法又拙劣，故所訂者舛謬百出，向爲詞林所詬病。自萬樹之《詞律》出，始一切推陷而廓清之，所謂音調字句之律，規模斯具矣。惟萬氏之時，宋人詞集，書林尚多未曾發見，萬氏編訂《詞律》之時，採書亦不甚廣，故所訂每每不足賅括，即不足以爲標準，因而例外亦紛雜無當；徐本立之拾遺，補調而已，杜文瀾之校訂，又瑣屑不關緊要，皆未足以饜人之意。今日詞家，亟應據今日所能見之全部宋詞，就萬書而修補之，爲宋詞作一總存案，爲今後詞家謀一形式上至善之範本，此其功固甚大，而務固甚急也。余有《增訂詞律之商榷》一文，載《東方雜誌》二十六卷一號，言之較詳。

學者欲竟此功，第一須明範圍，孰爲詞調，孰非詞調，孰爲音律方面所應訂，孰非全關音律者；第二須定條例，如何方足爲標準，如何衹算例外；第三須分步驟先句讀，後片段，再四聲，終叶韻；而實地進行，材料則須先集調，後集説。手續則須先考訂倡和，次校讎文字，次比勘異同，次斟酌主從。其事固極繁瑣，若不有堅忍之性，恒久之功，則宋集數百家，宋調數百首，必不能悉底於完成；於以知萬氏之書，蓋已從十分勞苦之中而來，斷非一朝一夕，一舉手一投足所能就，今欲超萬氏而過之，談何容易乎？兹擇以上所舉之要者，略見其大概如次——

（一）考訂倡和　歌唱之律，必以首先創造音調者爲標準；其後屬和之人，於音調曾加更改，若有明文可稽者，方足取信，否則字句必依首倡者爲式也。如周邦彦創詞若干，姜夔創調若干等，各有專集可查，訂律者展其書而録之即是，最爲便利，亦最爲可信，且毋庸有所考訂也。若某調首創之人不明，則須就許多作者之中，推求其時代之先後，最先見於某集者，即可假定其爲某調首創之作；若時代先後難辨，則字句較簡者，大抵發生在前，其中亦可分出倡和。總之：倡和既定，標準即得，舉凡襯字之有無，平仄之正變，體格之主從，皆不難立定，即其他一切糾紛，亦胥有解决之頭緒矣。某調爲某人創作，記載最多者，爲《欽定詞譜》，當時必曾經一番考訂，非妄爲指陳者。此書若不得見，則《碎金詞譜》，亦足供參考。《詞律》中於此層不甚注意，每調並未標明，是其失也。

葉申薌《天籟軒詞譜・發凡》云："選詞自應以原製之詞，及名人佳作爲譜。如《憶秦娥》應選李詞，《憶江南》應選白詞之類。《詞律》往往捨原詞，而别收他作。《如夢令》别名《宴桃源》，本以原詞‘曾宴桃源深洞’之句立名，即‘如夢’二字，亦原詞中語，《詞律》不收原詞，而收秦詞。他如《漁家傲》不收晏同叔，《暗香》不收姜白石，不勝枚舉。最可笑者，《雨霖鈴》調不收柳耆卿，而收黄勉仲，又注云‘多情自古傷離别如七言詩句，應從柳詞’，此非徒費筆墨而何？”此其所言，確係萬氏之失，引之以當例證。惟葉譜之爲書，具詞以外，僅注字數、韻數，他概不及，雖多用原詞，並不注明某詞誰創，尚非真有志於分辨倡和者也。

（二）校讎文字　此應與後一事“比勘異同”同時並舉。蓋唐宋人詞，流傳至今，每多脱誤，已非作者本來之面目，必須根據較精之本，訂其訛謬，而後方可據以定式；不然，所據者若先爲訛傳之文，則所定者，尚足取信乎？凡一調時代較後之人所有和作，許多首相同，而較先之倡作一首獨嶄然爲異者，對於此類倡作，尤當精校，以其所獨異者，往往並非原文，不足依據耳，校讎之事，更屬纖瑣，若不耐分寸以進，襞積爲功者，則又無以奏效也。

謝氏《詞話》卷二引馮登府語云：“考《詞綜》脱誤甚多，如蔡伸《侍香金童》‘更柳下人家似相識’脱‘相’字，《詞律》另收《趙長卿》多一字爲《别體》。張先填《于飛樂》‘怎只教花解語，草解宜男’，脱‘花解語’三字，《詞律》不知，而以毛滂多此三字，另立一體。周邦彦《荔枝香近》‘香澤方薰’，脱‘遍’字，是韻，《詞律》作四字句，而謂自‘舄履’起，二十八字，直至‘遠’字方叶，必無是理，遂誤認‘卷’字是韻。”足見所據之本，若字句不精，則不但所訂者不實，難作標準，且因有誤會，而致横生枝節，愈陷歧途。然後知校讎之勞，有志於此者，終不可省也。

（三）比勘異同　凡整理一調，若其首創之人不明，首創之詞難指，或標準調式既得以後，而例外之式甚多，其間如何訂定，如何取捨，則全賴比勘之功矣。比勘之前，須先將同調之詞，廣爲搜集。如《歷代詩餘》之書，類調列詞，内容又極豐富者，最爲現成合用；有所不足，更以《花草粹編》、《詞統》、《草堂詩餘四集》等選，及今日可見之宋人諸集爲輔。每列一調，必遍考宋人之作無遺，而後對於句讀四聲，種種方面，始下斷語。或先據要作，有所擬定，再必以所擬者，盡核餘詞，有若干例外，務統爲網羅歸納，不如此固不足以補正萬氏之漏略也。此層工作，最爲繁瑣，但極緊要，無可苟免，從事於此者，必先有以耐之，過此難關，方得坦途也。

《賭棋山莊詞話》云："詞有一闋兩叶者，如《河傳》、《酒泉子》、《上行杯》、《紗窗恨》等類是也；然大抵平仄各自爲韻，歸於同部者少。近讀賀方回詞，見其《水調》、《六州》兩歌頭，獨備此體。考之《詞律》，則《水調》、《歌頭》失載，而《六州歌頭》又引韓元吉作，逐段自相爲叶，凡五换韻，而未知尚有此不换韻者。……更《釵頭鳳》有轉平韻者，紅友亦未采及。……紅友譏明人填《惜分釵》，即《釵頭鳳》第三句用仄仄起爲失調，今檢此詞，指賀氏詞：'世情薄，人情惡，雨送黄昏花自落……'則已先之矣。"據此，萬氏於歌頭等調，因未遍勘宋詞之故，致有種種别體之遺漏，且錯譏前人，自己反失依據。夫賀鑄之《東山寓聲樂府》並非僻書，乃一經失察，則於詞之分别體韻，俱失精詳，人且難予原諒。世之製譜訂體者，取材可以不博，而比勘可以不周乎？舉此一端，餘可知矣。

（四）斟酌主從　上文所以考訂倡和，比勘異同者，其目的皆欲於每調許多體格之中，分别主從也。訂譜家爲作者應用計，每調若訂出某體爲主，則作者知所取法；爲詞調著録計，每調若訂出某體爲主，則排列有序，而論説有歸：兩方面皆覺主從之分爲不可少。萬氏《詞律》，乃以字數多寡爲序者，每調皆推一至簡之體當前，不問其爲正格與否；雖其説明之中，間或亦表示其調以某體爲主，而有時爲表明正格起見，甚且不惜自亂其字數爲序之例，將字多之體，反列在前（如下文所引，該書目録内之所見者），但凡此在萬氏皆附帶及之，偶然有之而已，若其全書，並無此項具體之計劃也。

所謂主從者，如欲定之，其途徑標準，各調殊難一致，此所以分别主從，非經過一番斟酌不可。試展《詞律》目録以觀之，所謂"又一體"者，其下面或注"雙調"、"另格"、"起異"、"結異"、"前後整齊"等，乃體式之異也；或注"平仄異"、"平韻"、"仄韻"等，乃平仄之異也；此外尚有注"作者多宗此體"，或"各家多用此格"，或"宋人體"，或"此體整齊可從"，或説明某也正體，某也正調，字數雖較多；仍以前列。——凡此種種體别之觀察與衡量，舉可使吾人知：除上文所謂"倡和"者考訂明白以外，於每一調之多體者，究應以作家多數所宗者爲主乎？抑應以體格整齊者爲主乎？抑應以體格最簡者爲主乎？是不可以鹵莽從事，必一一權其輕重，審其情勢，而後定之也。

且《詞律》中各調之排列，除字數爲序之原例以外，又有附列與類列之例。目録中所見，調名之首，有横標“變格”二字者，乃其前一調之添聲、攤破、偷聲、減字之類也；有横標“犯調”二字者，乃用其前一調之數句爲起拍，又另取他調之句法以足成之者也；有横標“合調”二字者，乃與前一調實爲一調，特名異體異者也——凡此皆附列也。所謂“類列”者，則爲令、近、引、慢間變化關連之諸體，大抵長者類列於短者之後。總之：無論類列、附列，要皆非體與體間之關係，而爲調與調間之關係也。除去附列中之合調一種。此種既是同調異體，應即視爲“又一體”，不當另作一調。故所謂主從者，除上文諸體間之主從以外，又有諸調間之主從。惟諸調間之主從，有當分者，有不當分者，亦非斟酌不可。如類别一項，有一種令、近、引、慢，調名雖相關，而實際句法平仄，絶對無關者，萬氏書亦類而列之，適自亂其體例矣。蓋今日所能從事於詞律者，衹有字句之調爲據，並無聲音之調爲據；令、近、引、慢、大曲、散詞間之繁衍變化，本爲詞樂範圍以内之事，且每每非字句長短平仄間所能見者，因其名目有關，特懸想其聲音源委之間，當日必亦有關耳，非今日尚有實際可以考查也。則將考查之事，與懸想之事，混在一書之中，可乎？《詞律》于《甘州曲》之後，類别《甘州令》、《八聲甘州》等調，而《天籟軒詞譜》則改依其本調字數，另爲編列，于發凡中明其故曰“以清眉目”，誠以今日吾人于《詞律》之所爲與所可爲者，原不過眉目形式間事耳；若其他者，倘有所得，别爲一書，以極盡其測度懸想之能則可。昔人于萬氏之書，尚有覺其專論四聲，取徑太窄，以萬氏不明詞樂爲憾者，不知萬氏之書，原非明詞樂之書，有此類列一層，正猶嫌其界限不清，而體例不嚴耳。

（五）標注　以上四事爲根本方法；若倡和既明，文字既確，别體既備，主從既分，則全部之大體已立，所餘者逐調逐體之標注與説明而已。標注之中，包含句讀、平仄、叶韻三事；至於片段之分，從來空一格以明之，並不標注。但其事宜爲之于句讀既明之後，而叶韻未定之前，故亦可屬之于標注手續之内。《詞律》中于句讀、叶韻，皆爲積極之注（即凡句讀叶韻之字方注，否則不注），而於平仄獨爲消極之注（即可平可仄者方注，應平應仄者反不注），將平仄不可移易之字，見之於詞後説明之中，似不若一律標注於詞中者爲顯著也。

句讀之分，須注意文意與調式不能一致之處；爲標準之式者，必不容其有此種情形發生也。片段之分，於文意以外，與歇拍、换頭之整齊與否，極有關係，每有一句屬上屬下都可者，必須廣徵博考，以定其是，不可草草。四聲之分，固應留心平與去上，而入之作三聲用，或平上入之代用，尤須細勘注明。叶韻一層，於句末之韻外，又須考及句中之韻，及平仄互叶之韻，及似韻而非韻者。凡確係襯字者，可特作小字以别之。凡起拍换頭，與前後闋相同部分之間，可畫横線以别之。

（六）説明　凡不便標注于詞内字旁者，概於詞之前後説明之。宜簡要而不辭費。萬氏書詞後駁難《圖譜》之處，過於辭費；杜氏所校勘者，多可就詞中實行改正，則校勘之語可免。若詞前之説明，則片數、字數、韻數、宫調，創始人或最早見之書，别名，名解，皆當備之。此外如所列之文字依據何本，及用何本參訂，别體之若干，及其大概，亦應述及。而每一别體之前，尤須説明此體所别者何在，要以一望而知，眉目清朗爲貴。

以上六事，爲修正萬氏《詞律》者必不可少之計劃。前人有志修正者，除徐、杜二家以外，原有王敬之、戈載、秦玉笙三人。王、秦、徐三家之説，大都爲杜氏所收取；惟戈氏曾有《詞律訂》、《詞律譜》之輯，惜未刊行，杜氏今未得見。他如清人凌廷堪、馮登甫、鄭文焯等之詞集，吴蘅照、丁紹儀、謝章鋌、蔣敦復之詞話，江順詒之《詞學集成》等書中，均有校訂《詞律》之處。雖諸人所言，皆未及校訂之大體計劃如何，要必各有見地，方能翹萬氏之短。故無論其説之纖宏詳略，均足供今日從事於此者之參考。類此諸書諸説，事前宜廣爲搜羅，臨事宜細爲考按，以備採取引用。

至於全譜次序，萬氏之依字數多寡者固不妥，許寶善、謝元淮等之依南北曲中宫調，及引子、隻曲、過曲等先後者，尤不足爲訓。如今重編，最好斷代爲序：唐詞先於宋詞，而金元明清之調，亦附於宋詞之後；至於每一代中，又依創始人或始見之書之先後爲序。如此庶幾全書一面既得爲詞譜，一面亦可當詞史觀。而書前復應就調名全部，另作種種索隱，及檢查之目録（依調名首字筆畫檢查，依調名末字分韻檢查，依全調字數多寡檢查等)，務使用其書者，從任何方面著手，均可立時檢得所需之調。如此雖採斷代之排列，於檢查應用方面，仍不覺有不便之處也。

茲就唐調、宋調，各舉一例，以略見以上諸説——

采桑子

(創始)始見南唐中主李璟詞。

(調略)雙疊，四十四字。前後各七四四七，四句，三平韻。

(宫調)唐大曲屬太簇角;《尊前集》注羽調;《樂府雅詞》注中吕宫;《九宫大成譜》屬南大石調。

(名解)唐教坊大曲有名《采桑》者，一名《楊下采桑》，一作《凉下采桑》，詞名本此。

(别名)有四：南唐李後主詞名《醜奴兒令》;馮延巳詞名《羅敷豔》;宋賀鑄詞名《醜奴兒》;陳師道詞名《羅敷媚》。

(變格)有《攤破醜奴兒》，列入宋調，至于黄庭堅之名《促拍醜奴兒》者，朱敦儒之名《促拍采桑子》者，乃《攤破南鄉子》之誤，及辛棄疾之《醜奴兒近》、潘元質之《醜奴兒慢》，均不過與本調之别名有關，與本調其實無涉。

亭(可仄)前春(可仄)逐紅英盡(句)舞(可平)態徘徊(韻)細(可平)雨霏霏(叶)不(可平)放雙眉時(可仄)暫開(叶)　綠(可平)窗冷(可平)静芳音斷(句)香(可仄)印成灰(叶)可(可平)奈情懷(叶)欲(可平)睡朦朧入(可平)夢來(叶)録《尊前集》。

攤破醜奴兒唐調《采桑子》之變格

(創始)宋趙長卿。

(調略)就《采桑子》前後闋各加助語及和聲之句。雙疊六十字。前後各七四四九，六五句，四平韻。

(名解)因宋人稱《采桑子》爲《醜奴兒》，故得此名。

(别名)有二：趙氏《惜香樂府》題作《一翦梅》，注云："或刻《攤破醜奴兒》。"《一翦梅》一名，另有本調，故不用之，以免混淆，《欽定詞譜》名《攤破采桑子》，蓋改用《醜奴兒》本名也，宋人實未有之。

（律要）助語必爲“也囉”二字，和聲之句，亦必前後闋相同。

句　韻　叶　句中叶　句
樹頭紅葉都飛盡景物凄凉秀出群芳又見江梅淺淡 妝 也囉
可平　可仄　可平　可平　可平
讀　叶　句　叶　叶
真箇是可人香　蘭魂蕙魄應羞死獨占風光夢斷高唐月送疏枝
可仄　可平　可平　可平　可平
句中叶　句　讀　叶
過女 墻 也囉真箇是可人香録《惜香樂府》。
可平

《欽定詞譜》云：“《楚詞》押韻句或用助語詞，漢賦亦多如此，故此詞第四句，當於‘也’字點句。坊本或于‘妝’字點句，及‘也囉’二字相連點句者，皆非。金詞高平調《唐多令》兩結句，俱有‘也囉’字。南北曲《水紅花》結句亦有‘也’字‘囉’字。又《廣韻》七‘歌’云：‘囉，歌詞也。’此詞兩結，‘香’字重押，其爲歌時之和聲無疑。”按“也囉”乃連聲，若于“也”字點句，則“囉”一字獨立，恐非歌時情形，故仍將“也囉”二字相連點句。

水調歌頭

（創始）始見宋蘇軾詞，製於熙寧九年（民國前八三六年）。

（調略）兩片，九十五字。前爲五五、十一、六六五、五五，共八句六韻，四平、二仄；後爲三三三、十一、六六五、五五，共九句、六韻，亦四平、二仄。前後平韻一貫，而仄韻則各别。

（宫調）《碧雞漫志》屬中吕。

（名解）“水調”乃宫調之名。唐時水調有大曲，此就水調大曲之歌頭變化而得者，故名。

（别名）有五：去“頭”字，稱《水調歌》，見張炎《詞源》；毛滂詞名《元會曲》；張榘詞名《凱歌》；姜夔詞名《花犯念奴》；吴文英詞名《江南好》。

（律要）凡五言兩句相連者，上句不叶，其尾三字必“仄平仄”。凡通體叶平韻之句，尾三字必“仄平平”。仄韻四句，不叶亦可。

(別體)有平仄互叶一體。

句　平韻　叶平
明月幾時有把酒問青天不知天上宫闕今夕是何年我欲乘
可仄　(仄)(平)(仄)可平　可平　可仄　可仄　可仄　可平　可仄
仄韻　叶仄　叶平　句　叶平
風歸去又恐瓊樓玉宇高處不勝寒起舞弄清影何似在人間
可仄　可平　可仄　(仄)(平)(仄)可仄
句　句　叶平　叶平
轉朱閣低綺户照無眠不應有恨何事長向别時圓人有悲歡離
可平可仄可平可平可仄　，　可平　可平　可仄可平可仄　可仄　可仄　可仄
换仄韻　换叶仄　叶平　句　叶平
合 月有陰晴圓 缺 此事古難全但願人長久千里共嬋娟録《東坡
可平　可仄　可平　可平　宜仄(平)(仄)可仄
樂府》。

前後十一字之句,或於六字作一讀,或于四字作一讀,無定。前之“闕”,後之“事”,雖有作平者,實宜仄。前之“舞”,後之“願”,亦宜仄。

王灼《碧雞漫志》卷四,説水調甚詳。大意謂水調乃宫調之名,非牌調名也。其創始甚古。就水調中作曲最早而可考見者,爲隋煬帝鑿汴河時所製《水調歌》,幸江都時所製《水調河傳》。至唐:水調即南吕商。明皇將幸蜀,李嶠進《水調歌》,七言四句;又有五言者,見白居易《聽水調詩》;又有多遍爲大曲者,見《脞説》。至五代:蜀王衍巡閬中,自製《水調銀漢曲》。至宋:有《水調歌》,乃中吕調,雖首尾亦各有五言兩句,但决非白氏所聽者也(據此,《水調歌頭》在宋時,確有《水調歌》三字之稱,並非自張炎始爲簡略也)。王明清《玉照新志》載曾布於元祐中作《水調》大曲,有排遍第一至第七,共七遍,而排遍第一之句調,即《水調歌頭》云。據《漫志》所云,足見《水調》歷史之大略。惟曾布所爲大曲,據《玉照新志》所載,即名《水調歌頭》。《水調》者,一種大曲全部之名也;《水調歌頭》者,因此大曲僅存歌頭之部分而名之也。今曾詞有排遍七遍,可見“歌頭”二字,乃指排遍七遍之全部而言,非指排遍第一之一遍而言也。考之本調:起拍三句,與曾詞排遍第一首三句合;换頭四句,與曾詞排遍第四首四句合;其餘句法,則又散見于各遍中。是蘇詞此調,乃就大曲排

遍之七遍内取材，剪裁連綴而成，絶非摘取某一整遍也明矣。《漫志》謂排遍第一之句調，即《水調歌頭》，尚微有訛誤，不可不辨。

别體平仄三叶。

(創始)始見宋賀鑄詞。

(詞略)與正體同。惟正體十一字之句，玆分爲上四下七兩句。又正體不叶之句，除换頭首句外，玆概叶仄，且通體平仄韻一貫。

南國本瀟灑(韻)六代浸豪奢(平叶)臺城遊冶(叶仄)璧箋能賦屬宫娃(叶平)雲觀登臨清夏(叶仄)碧月留連長夜(叶仄)吟醉送年華(叶平)回首飛鴛瓦(叶仄)却羡井中蛙(叶平)　訪烏衣句成白社(叶仄)不容車(叶仄)舊時王謝(叶仄)堂前雙燕過誰家(叶平)樓外河横斗掛(叶仄)淮上潮平霜下(叶仄)檣影落寒沙(叶平)商女篷窗罅(叶仄)猶唱後庭花(叶平)録《東山寓聲樂府》。

以上第一例《采桑子》，第二例《水調歌頭》。《采桑子》有變體，作類列；《水調歌頭》有别體，作附列。變體自成一調，故類列與原列同式；别體仍是前調，故附列者用較小之字書之。若别體多，可用“别體一”，“别體二”……以標明之。——此所以分别主從也。調前之各項説明，均有標題，語極簡要；調後之説明，則或爲疏解，或爲考證，皆所以補充調前説明之不足者，不妨詳細。“創始”、“調略”、“宫調”、“名解”、“别名”、“律要”、“别體”、“變體”，共八項，大概可以包括一切；惟除“創始”“調略”兩項外，餘皆不必每調全具。例如“宫調”，别體變體之宫調，皆已見於正體，則别體變格方面者即毋庸重複再見矣。即正體之宫調，亦失考者居多，不能每調皆列也。《采桑子》前後片句法全同，故爲“雙疊”，《水調歌頭》前後不全同，故稱“兩片”，此等分别，亦昔書所未及。調旁作㊣㊇者，示必平必仄也；作“宜平”者，應當如此而原詞未合也。——此所以説明與標注也。

大概於唐調，祇有吟諷之律可求；若《攤破醜奴兒》之有助語及和聲，乃是關歌唱，但編譜者於此，不過存其體格之形式已足，其事甚簡。

若宋調則吟諷之律與歌唱之律,須兩面俱到。且自來言詞律者,均認爲以古人所以歌唱者,調協於今人之吟諷,練成今人之喉舌,使諧于昔人之弦管,乃詞家應負責之,任於是吟諷與歌唱兩律,益覺顯然並峙。此章所以言詞律,扼要一語:學者無論循考證以修譜,爲詞苑之功臣,或僅因填詞而用譜,傳前人之絶藝,於宋調之律,皆不可不三致意也。

第三　詞樂

處今日而研究詞樂,殆不免於暗中摸索,扣盤捫燭之失矣。其人苟非於曲樂或一般音樂有基本知識及相當技能者,更無徹底於此事之希望。余非知音之人,且不足以言研究,更何從指導方法!雖然,凡指導一事者,于方法以外,兼應及其事之途徑;途徑之粗者,即其事之範圍也,如何研究詞樂,吾不能言;若詞樂之範圍如何,研究詞樂者應注意何事,何事爲必不可忽者,猶能撮舉所知,示學者以門徑也。

大概研究詞樂者,可分其事爲兩部分:一乃詞樂之本身,一乃詞樂之源流。詞樂之流,是爲曲樂;其源則古樂也,"燕樂"也,唐宋時之外國樂也,今之所言,胥從此始。

(一) 詞樂之始　詞爲樂府,先有其音樂,後方有其文字。文字所以由詩變而爲詞者,實因樂府詩之音樂,先有變化也。然則唐中葉後,樂府詩之音樂,究如何乎?當時何以不能保持故態,而必變化?其變化之迹又如何?——此三問題,實爲研究詞樂者,首需解决者。此三問題决,則詞樂初起之情形明矣。今人從句法形式方面推求,覺唐詩五七言最盛,而詞則長短言也,料想由詩樂之變爲詞樂,必與此層有關。於是考得唐人樂府,原用律絶諸體,而漸雜和聲以歌。如《朱子語類》云:"古樂府只是詩,中間却添許多泛聲,從來怕失了泛聲,逐一添個實字,遂成長短句,今曲子便是。"是其明證。又推求此種樂府詩之音樂,何以添出許多泛聲?我國古歌譜之傳者,如朱子《儀禮經傳通解》所載之《風雅十二詩譜》,説者雖不信爲成周原音,但已認爲開元遺調,固一字一音,並無泛聲也。乃《唐書・五行志》謂天寶以後,"樂曲亦多以邊地爲名,有

《伊州》、《甘州》、《凉州》等，至其曲遍繁聲，皆謂之入破”。然則開元國樂，雖一字一音無繁聲者，而當時由邊地傳來之胡樂，則繁聲甚多。彼樂府詩之所以有泛聲，豈即受此影響乎？顧無泛聲與有泛聲之一端，尚不足以盡詩樂末造與詞樂初興之况；而僅受胡樂影響之一端，恐亦不足以盡二者變化之故。特有此端倪，可作進一步之探求，必于上列三問，皆得完滿解决，而後爲止，是學者之任耳。

（二）律吕之源　宋人論詞，動云“協律”、“擇律”。夫不知律，何從言協與擇？不知律源，何從盡知詞樂之律？故律吕之源，亦即詞樂之源之一部分，不可不考明也。考律吕之源，至少須及三事：一爲十二律三分損一之相生；二爲七音隔八相生之分配；三爲八十四調之旋宫。張炎《詞源》上卷於此三事，已具説明，鄭文焯《詞源斠律》，復一一詳其説之來歷，並考訂刻本之訛。學者據此，已可得其大意與研究之資料。他若陳澧之《聲律通考》、方成培之《詞麈》、近人童斐之《中樂尋源》等書，各示人以簡明扼要者，並可參覽，兹不覼縷焉。

（三）宫調　研究詞樂之本身，當從其宫調始。蓋八十四調乃理想之全聲；後世省七音爲宫、商、角、羽四音，而衹餘四十八調；自宋時燕樂，獨選夾鍾爲律本，四音各得七調，衹餘二十八調（見《宋史・樂志》）；而雅俗通行者，又衹十九調，見《詞源》上卷，即所謂七宫十二調是也。學者研究，第一宜考宋人詞集，曾注宫調者有越出《詞源》所謂十九宫調之外者否；第二宜考唐詞之中，究有若干牌調，尚有宫調可屬者；第三宜考唐詞宫調，與此十九宫調異同出入如何。惟唐宋雅樂，比俗樂相差兩律：雅樂律低，俗樂律高，因而宫調於律名之外，又有俗名；加以胡樂浸入，音程相同者每改用胡樂宫調之譯音，如大石、小石、般涉、歇指之類。故未嘗考訂以上三事之前，又須先探明唐宋宫調名稱中，雅樂、俗樂、胡樂間同異之處，而後方不至爲其種種異名所迷惑混亂也。

（四）律　律者，樂律之總稱也。前之所謂律吕、宫調，後之所謂腔、韻、譜、拍，本皆包含其中。平常曰協律者，謂於以上諸事，一一皆合規矩也。其實諸事應分别研究；分究既畢，則其協律之總，自可見矣。分别研究，首及擇律。擇律者，意在使所歌之樂，其聲情與當時之氣候相應，乃益覺其和美。故楊纘曰“律不應月則不美”也。夫聲音之微，與氣候之漸，果有何種密切之關係，是另一問題，今姑不究。今所當注意者：第一，宋人之爲調，是否實行按月擇律？普通詞家皆實行，抑僅精於音律者始實行？僅於節序之詞始實行，抑於一切之詞皆實行？第二，十二律之配月，見《月令》、《宋史・樂志》及《詞源》，三者皆同；唐俗樂二十八調之配月，見《通雅》者，僅二十四調；宋俗樂十九宫調之配月，前人獨無論載。若就《詞源》所列八十四調中，取其十九宫調俗名之配月，則有數月中無一宫調者，有一月中有數宫調者，參差不齊，頗難取信，此何以故？第三，若就宋人節序之詞中，曾注宫調者（如各家專集及《草堂詩餘》等選集所載），以求其宫調配月之情形，則又如何？總之：大晟樂府之製調，或長短增演，或三犯、四犯，乃按月律以爲之，張炎《詞源》曾有明文，是其事固宋人詞樂上之一種綱領，今日既究詞樂，終不可以其荒略難明，遂置而不問也。

（五）腔　腔之研究有二：一爲擇腔，一爲製腔。擇腔者，實乃擇調，特以腔爲標準耳。蓋欲作一詞，先按月以擇定一律；須就此律所屬之諸調中，再擇定一調，然後再按此調之聲譜以填詞。顧於諸調之中，必擇其腔之韻者，而捨其衰颯、不順、寄煞、無味者，此楊纘之説也。惟唐宋詞調之聲譜，今皆不傳，腔之如何，不得而知。今日欲實行楊氏之説固不可能，即欲研究宋人之曾如何實行，捨楊氏數言而外，亦鮮資料也。後人雖亦有擇調之説，如鄧廷楨之《雙硯齋筆記》，吴衡照、孫麟趾、謝章鋌諸人之詞話中所見，皆以句調四聲爲標準，而非以腔律聲譜爲標準，應當别論。《詞律》、《詞麈》、《詞學集成》，於楊氏擇腔之説均有疏解，而皆有誤會。學者取諸家之説而衡訂之，殆即研究擇腔之事業耳。至於製腔，方成培《詞麈》卷五"宫調發揮"一章，已詳其線索。所謂過腔、斷句、定板、起韻、結聲，與此處所列前後各節，皆有關係，須作總括之研究；學者分析方説，而别求論證，以確定之，可也。

（六）韻　此所謂韻，非指韻部之分合，乃楊纘所謂隨律押韻也。即某律之調，於四聲之中，應押某聲之韻，方覺調協也。唐段安節《樂府雜録》久有其説，清方成培解之，而戈載《詞林正韻》復歸納宋詞之用韻，按其宫調，已證段氏之説。戈氏研究之法，最合吾人模仿；惟除集證以外，尚須推求其所以然。觀段氏定二十八調之用韻，全用五音爲之綱，以上下平、及上、去、入，配徵、羽。及角、宫、商，可知四聲與五音間之關係，實爲某宫調應用某聲爲韻之故。顧四聲與五音間之關係，究屬如何乎？段、方、戈諸人俱未説明，是待後來學者研討而補足之者。

（七）譜　譜之傳者，惟姜夔自度之腔而已，然依其譜字，以簫管吹之，不但無拍節不成樂，且亦拗戾不成腔。因知今日於譜字所認識者，究竟誤否，尚屬疑問。研究宋詞譜字，當然以《詞源》及《白石道人歌曲》所見者爲主，而以《朱子全集》、《宋史·樂志》及王驥德《曲律》所見之宋樂俗譜參考焉。惟《詞源》所載，刻本多訛，且古今字譜以外，又有管色應指字譜，及宫調應指譜，其與古今字譜複見者，每前後不一，糾紛異常。此可以鄭文焯《詞源斠律》所校者，斟酌畫一之；其終不能畫一者，共有若干，已畫一者與今日俗用之譜字，如何譯合，亦均爲研究詞樂者所當整頓。再譜字原所以代表七聲及其變化者，而宋人又兼用以標律吕，故《詞源》列八十四調每調之下，必綴一譜字以表之，殊足令人眩惑，《中樂尋源》曾明此意，亦研究譜字所不可不知者。

（八）起結　起結者，音譜之起與結也。調有幾片，則有幾起幾結。所謂“起”者，非首字，乃首韻也。全譜之宫調，胥由起結兩韻以定，故全詞之四聲，本與全譜皆有關者，而起結兩韻之四聲，乃尤與有關，作者不可以不慎其用字焉。自《詞源》有“結聲正訛”一節，乃知起結之間，結字又與犯調有關，尤爲要緊。學者之究此：第一，可先確定起結於全譜、宫調、犯調、製腔各方面之作用；第二，詳明前人所謂起調、畢曲、殺聲、住字、走腔、落韻諸説；第三，再搜羅宋人足以詳明音律之詞例，以爲諸説之證明；第四，則鄭重表明，填詞家於全調起結之處，何以必須格外謹慎守律。

（九）拍眼　有詞無譜不能歌，有譜無拍亦不能歌，而樂終無以形成。詞樂之拍眼，惟《詞源》中有所論載，自大曲以至令詞，各種拍法不同。於官拍、豔拍以外，又有丁、抗、掣、拽、折、頓、住、打、敲、掯。其中如打、掯、敲頗類拍外之眼；其餘七字，則不過爲音之形狀，故如掣、折等皆有符號，並不類拍眼之符號，而爲吹管指法之符號也。惟據姜夔詞集，宋人詞譜，祇一字一音，而雅歌又不容有纏聲，則似乎拍節以外，更無需乎有眼。究竟拍外有眼與否，拍與眼之名稱、符號、性質、用途如何，各體詞之拍法——尤其如慢之八均，引、近之六均爲要——究竟如何解釋，倘除《詞源》以外，能多集宋人筆記雜書中說，而一一考訂之，當有功於詞樂不少也。

（十）樂器　詞樂只用簫管。惟據《詞源》，各詞體所用之管，粗細長短不同，有倍四頭管、倍六頭管、篳篥、啞篳篥之分；其聲音亦有清圓、清越之別。而拍具之中，亦有拍板與手調兒兩種。其他書中，於詞樂用具，直接記載者雖少，但頭管篳篥，如何製度，"四"、"六"何指，如何倍法，啞與不啞何謂，若向各方面探求，當亦不乏材料也。

（十一）歌唱　《詞源》有"謳曲旨要"一節，專論詞之歌法。但其文乃歌訣體裁，辭簡而意晦，又雜吹管之指法及拍眼於其間，益爲糾繞難明。鄭氏之《詞源斠律》，雖有疏解，終未貫通。他如雅歌、纏令之分，善歌者之如何融化字面，聲情與文情之如何互相宣發，歌時有無舞之容態表現，亦皆可附及焉。此事比較途徑愈狹窄，材料愈枯澀，特亦研究詞樂者萬不可少之一端，當與拍眼一事，連同進行。

（十二）詞調之繁衍　以上自（三）至（十一），詞樂本身之問題也。若詞調之繁衍，則就各個詞調，先爲歸納門類，後就各門類，討論其發生之先後、源流與方法，亦詞樂本身之事業，特自別一方面觀察而得者耳。詞調之門類，乃根據詞樂以分者，可以由此進一步，求各體之成因與歷史。詩樂受胡樂之影響，由添泛聲而得長短句，此詞樂之總成因也，亦諸詞調中，大曲與小令，發端兩體之成因也。有大曲，則有法曲，有摘遍，有慢詞；有小令，則有引，有近詞，有慢詞，有序子；小令又由添聲、偷聲、減字、促拍攤破，互相繁衍；令、引、近、慢間，又由犯調、集調，互相繁衍；知音者又率意吹管成新腔，然後填詞，或率意爲長短句，然後製譜，所謂自度腔與自製腔是也。——凡此諸端，有長短句法可作例證者，應兼備其例證；若無實際可按，而僅存名目，可供懸想揣測者，亦當推詳其理解。一切要以詞樂方面，爲發論之點，足補《詞律》等書之所不及。至於製樂專家，如宋太宗、丁仙現、周邦彥、万俟雅言、姜夔等人，歷略如何，成績如何，並當考訂附及焉。

總之：詞曲同爲合樂之藝，本來樂與文並重，樂且先於文，而爲文之所附，故詞樂雖多失傳，仍爲今日研究全部詞學者，所不可廢置不問。凡本身不可通解之處，即藉曲樂爲參考，他山之助，所獲必多，此亦一根本之方法也。

第四　專集選集總集

詞中專集至夥，選集次之，總集最少。總集之中，有專集合編與叢書兩種，叢書無可研究，所應留意者，衹專集之合編耳。

（甲）專集　詞之專集，可分兩種，一乃專家之别集，一乃尋常之别集。研究專家詞集，須兼考據、整理、批評等事；若於普通詞人之集，則就其全書有一大體之觀察，而爲之作提要，足矣。專家詞集既經考據整理批評以後，其結果，在求得此家著作之全部，全部之精華，及其文字中思想、情志之真，藝術上造詣特長之至。可依下列數端，次第爲之：

（一）搜集材料　認定研究某一家，當先搜集此家著作之全部。宋元以來之詞人，凡屬專家，大抵皆已有專集。此其集或爲作者當時所手訂，或後人之代爲編纂者。然一人之作，傳本若有數種，則多寡異同，往往各别；學者第一須羅致此家之各種專集，及每集之各種版本，以内容最豐者一種爲主，而以餘本别見者增補之。如周邦彦集，《片玉詞》與《清真集》較，《清真集》少五十餘闋；陳允平集，《日湖漁唱》以外，另有《西麓繼周集》，多出一百二十餘闋，是其例也。更有宋元專家，當時未有專集，或雖有而後世已佚，或後人雖爲編纂，並未得大段之材料，則其所纂，實殘缺不完；而宋以來較古較大之選本，如《樂府雅詞》、《陽春白雪》、《花草粹編》、《歷代詩餘》等書中，反於其詞多所録載，可一一加以考核，從事增補。故第二層又須羅致諸選本筆記、雜書，廣爲搜輯，以得一家一集之全。如晏氏父子《小山》、《珠玉》二集，先有汲古閣本，後有《小山詞鈔》、《珠玉詞鈔》本。後者據《歷代詩餘》所輯補，幾倍於前者之所有，即《彊村叢書》於《小山詞》用趙氏星鳳閣藏明鈔本，但較之《小山詞鈔》所輯者，仍少五闋；近人吴昌綬於殘宋本《東山詞》一卷，明鈔本《賀方回詞》二卷以外，又據《樂府雅詞》、《陽春白雪》、《絶妙詞選》、《草堂詩餘》、《全芳備祖》、《花草粹編》等書，補得賀鑄之作三十餘闋，是其例也。

惟有名之詞，往往屬甲屬乙，選本之傳載不一，而筆記雜書所載，又每多依託之僞詞。搜集材料者，不可不加以精確之鑒別與考訂：明知其僞者，不容不删；傳説不一而互見，或疑似之間而難定者，不可不注明意見。如明人所傳之温庭筠《金奩集》，其中韋莊、張泌、歐陽炯之詞甚多，何能盡信以爲温作？卷末附張志和作《漁父詞》十首，曹元忠謂爲當時人和張之作，並非張作，考訂之確，直揭千百年前宋人之誤，其精審殊可效法也。

（二）校勘字句　專家詞集之傳刻傳鈔，有精有不精。精者如近來四印齋及彊村所刻，不精者莫過於汲古閣之宋《六十一家詞》。及汪氏之翻刻此書，乃益"帝虎"、"鳥烏"，不能卒讀——此整理名家詞集者，所以貴校勘也。惟板本既多，字面歧出，若一首之中，此字從甲本，彼字從乙本，隨意取捨，毫無標準，則終不足以得前人之真，而饜後人之意，其失與妄爲竄改者相埒——此校勘名家詞集者，又所以貴訂條例也。清人王鵬運、朱祖謀於夢窗一集，校勘再四，而後始定，其所訂條例，足以成説，亦足以見例，兹引如次，——

一曰正誤　按夢窗詞，世祇虞山毛氏、秀水杜氏二刻。毛刻失在不校，舛謬至不可勝乙；杜刻失在妄校，每並毛刻之不誤者而亦改之。是刻據二本對勘，參以諸家總集，凡譌字之确有可據者，皆一一爲之是正。若"向"誤"丙"，"梅"誤"悔"之類，必臚舉原文，則"亥豕"縱横，觸目生厭，故卷中不復標明，另爲劄記附後，以備參考。可疑者，或注"句疑"字於本句下；其譌字之未經諸本校出者，依傍、形、聲，推尋意義，時亦間得一二。已改者注曰，"毛作某"，或"毛誤某"，未改者曰"疑作某"，或"疑某誤"，並列行間，以待商榷，不敢自信，以爲必然。至毛本不誤，而相承以爲譌，經杜刻校改者，間分注證明於本闋之末，雖不免掛漏之譏，或有資於隅反，亦毛刻《片玉詞》例也。

一曰校異　校勘家體例，最重臚列異文，以備考訂。此集世祇毛、杜二刻，唯有毛刻以前選本，可據以爲異同，又不少概見……他如《御選歷代詩餘》、《欽定詞譜》、萬氏《詞律》、朱氏《詞綜》、周氏《詞録》，所緑夢窗詞，大都本之毛刻。其校訂訛字之可信者，業已據正原文，此外無甚出入。若“幽芬”之一作“幽芳”，“繡被”之一作“翠被”，浪費楮墨，何關校讐！故衹惟是之求，不能備列。亦有因兩疑而並存者。……其有明知改詞以就韻律，避重文，凡一切選家所妄易者，則去之惟恐不盡，不得以校對之説相繩矣。

一曰補脱　毛刻闕文極夥，有已經空格者，當是原闕，然衹十之三四，不逮脱簡之多；杜刻次第擬補，幾成完書。是刻惟間補一二虚襯字，皆於空格之下，注曰“某本作某”，不令與原文相雜；三四字以上，則悉從蓋闕。唯甲稿《塞翁吟毛》闕“緑幕蕭蕭”四字，據《詞旨》補入正文，以出宋人論著，非後來選本所可例也。其有不空格，注曰“某本多某字”者，按之句律，多寡皆合，不得以闕文論也。又如甲稿《浪淘沙慢》有“新燕簾底口説”句……杜刻……於“簾”上補“畫”字，又改“底”爲“低”，平側大謬。……乙稿《木蘭花慢》，“步層邱翠莽□□處更春寒”句毛刻亦有脱文，杜刻以“翠莽”處爲句，而補“直上”字於“層邱”下，遍檢夢窗此調，次句第二字無用側者。此類至多，不可枚舉。故卷中脱簡，不但不敢妄補，即空格處亦詳審而後定。至毛刻原空，則悉仍其舊；間有移易，亦必有説。

一曰存疑　夢窗工於鍛鍊，亦有致成晦澀者，淺人讀之，往往驟不能解。以毛刻之多誤字，遂歸咎於校勘之不精，任情點竄。是以戈載《七家詞選》，於夢窗塗抹尤甚，稍掉輕心，即蹈此失。如《掃花遊》換頭“天夢春枕被”句，杜校謂“天夢”疑“香夢”之僞，初頗謂然；繼思詞爲題瑶圃萬象皆春堂，圃爲嗣榮王别墅，見《癸辛雜志》，王乃理宗之母弟，度宗之本生父，蓋用秦穆公上天事，語不誤也。又《塞垣春》起句，“漏瑟侵瓊管”，初以爲必有訛字，嗣讀《秋思耗》詞“漏侵瓊瑟，丁東敲斷”云云，始悟爲用温助教詩“丁東細漏侵瓊瑟”句，他如《疏影》之“占春壓一”，《一寸金》之“醉壁青露菊”，《絳都春》之“漫客請傳芳卷”，《定風波》之“離骨漸塵橋下水”，約十許處，不敢謂其不誤,亦不敢謂其必誤,疑而存之,以俟高明鑒定。顧千里云:"天下有訛書,然後天下無訛書。"殆有見於存疑之義云。

一曰删複　夢窗四稿,毛氏刻非一時,故有一詞兩見之失。……皆從杜刻,删後見者。又有誤收他人之作,毛跋已詳言之。其杜刻……未删者,《玉蝴蝶》一闋,見《梅溪詞》;《絳都春》一闋,見《草堂詩餘》,《玉漏遲》二闋;一見《草堂》,一見《陽春白雪》及《絶妙好詞》。按《梅溪》、《草堂》,皆出夢窗前;《陽春》、《絶妙》二選出夢窗同時人,且收夢窗詞不少,不應誤將所作它屬,故皆據删之。惟《好事近·秋飲》一闋,互見《蒲江詞》,係據《中興詞選》補録,未删。

以上五條中,義例之要者,概已用套圈標出。王氏跋語中又有曰:"夫校詞之難易,有與他書異者:詞最晚出,其托體也卑,又句有定字,字有定聲,不難按圖而索,但得孤證,即可據依,此其易也;然其爲文也,精微要眇,往往片詞懸解,相餉在語言文字之外,有非尋行數墨,得其端倪者,此其難也。"觀於上文,"存疑"一條,知所謂難者,誠非無故矣;即所謂易者,證既孤出,真贋之辨,亦安在其易歟?

(三)編纂與整理　集非出於作家手訂,而板本來歷,又不足信從,或原編特爲凌亂,無可保存者,則重行編纂之功,爲不可少。若完全出於一時新輯者,則事前更須决定一種排比之法。大抵特殊之編次,有設計用意於其間者(如吴文英之分甲、乙、丙、丁四稿,姜夔之分自度曲、自製曲等),苟非出於作家親手,他人要不宜妄爲主張。若尋常之編次,按字數列調,按調名類詞者,詞集有同詞譜,最爲呆板,能避而弗用爲是。若按宫律類詞者,則宋詞未嘗遍注宫調,即已注者,亦各家不能一致,難於决定,且詞樂既亡,分别宫調何用?大可不必矣。他如朱祖謀之編《東坡樂府》,用編年體自成善本,特詞家之作,能如蘇集年代大半可考者,殊不多耳。若全出於新輯者,當然以所據書籍之時代先後爲序,不必按詞類調,較爲活動。更須注意者:新編則新編,舊編則舊編;若既用舊編,則應存其本來面目,毋又參加新意以亂之;至於卷數,用舊編則勿有增改,出於新編,亦宜從簡省。若無改多分，徒亂人意，無當於事。

每一專家，有若干集，若干卷，若干調，若干詞，以及下文之所謂創調若干，創名若干，宜概爲統計，而存其數，以作他日增補參訂之準。

（四）考訂與箋釋　考訂有三方面：第一，作者生平；第二，集之板本；第三，詞中創調、創體及創名。作者生平，除正史本傳以外，宜兼及野史、筆記、雜書，王國維輯《清真先生遺事》，可爲模範。惟專爲研究其詞起見，除條列事迹以外，並應鈎稽其爲人之思想與境遇，足以發明詞旨者，供下文所謂評論之用。板本無論存佚，並宜著録，尤貴明其源流，判其得失，以見某本可用以閲讀，某本可用以整理。創調、創體之考，均甚要緊；因知某家曾經創調若干，即可見其於音律上之創造如何；雖用舊調，而有創體，亦可見其於音律上之變化如何。至於調猶是也，體猶是也，而僅創用新名，事雖瑣屑，實則考明以後，於上文搜集、校勘、編纂、整理等事，均不無應用之處，亦不可忽也。

箋釋之功，於詞學爲尤著，其目的要在發明詞旨而已。宋人之所事者，僅文字典實一方面，如東坡、美成之作，注者不止一家；及今所傳，尚有陳元龍之《片玉集注》一種；惟釋而不箋，明義有限，是其淺者也。金人魏道明之《明秀集注》，則于字句之外，兼及大義與本事，範圍已較廣。後人於筆記詞話之多載本事者，好爲録附詞後，以明題旨，藉成專集之箋本，如劉繼增之《南唐二主詞箋》，是其明例。然詞有本事可按者，終屬少數，若舉題目或文字中所見之時地，及交遊倡和之人，一並爲考訂之材料，則其途徑廣闊，而發明詞旨之功益著矣。蓋所謂題旨與詞旨有異：題旨僅得全詞之原由與大義，是其粗者；詞旨則纖宏並至，無隱不發，是其精者也。南宋諸家之作，寄託深遠，而措詞沈晦，讀者尤賴有箋釋之本，以省推詳揣測之煩，前人所爲，如江昱之疏證《山中白雲詞》，於功最著，兹略引其敘言如次，以見義例：

> 詞自白石後，惟玉田不愧大宗，而用意之密，適有題分。尤稱極詣，率爾讀之，雖擊節歎賞，而作者苦心，或未出也。夫集中之題，但云'某人'，'某地'，讀者亦僅就其詞，臆爲人如是，地如是，是人與地因詞而見，而不知詞實有以確洽其人與地，何啻目眩珊

瑚木難，而不能名耶？其或實有所指，而本題未能注明，則又往往忽略，甚且以爲寬泛之語，而曾不經意，可勝三歎！間與弟蔗畦涉獵之餘，遇可相發明者，輒筆之簡端，垂二十年，繙書不下萬卷，蓋已得十之七八。……率從卷籍不相涉之處參考互證，觸類旁通而出。既矜創獲，覆繹詞意，愈覺神觀飛越，恍親歷其時，身入其境，聆其談笑，而罄其曲折。向之平淡無奇者，今皆見其切事愜心，分刌合度，而非隨手填寫，僅求好句成篇可比。爰加節葺，列於各詞之左；鄙見則以“昱按”二字别之，至其詞之取摭宏富，蘊釀深純，則所謂“無一字無來處”者，讀者當自得之，不待緦緦爲之銓釋。

觀於江氏所言，可知直接之材料無多，且未必完全得用；間接之材料雖搜集費時，而其用往往非前者所可比。用直接之材料，其事稗販而已；用間接之材料，則非有抉擇、思考、觸悟不爲功，其可貴也，何待言乎！

至若字句來歷之注釋，有時反覺多事，足以引起讀者之厭惡者，不可不戒。蓋詞家自周邦彦始，好隱括唐人詩句入詞。南宋諸家長調，捨此途徑幾不足以成闋，即因此故，每每使全詞生氣索然，實一大弊！江氏所謂“無一字無來處”者，實詞家之短處，並不足以效法也。然作者之修辭，每於無意之中與成語偶合，並非有心運用成語者，注釋家若偶有所見，自矜創獲，亦爲之一一點明，則無論其字面之新舊，讀者將意其皆爲成語而發，並非爲詞之真境而發，反覺機械乏味矣。故詞之注釋，必不能泛，泛則毋寧其缺也。

（五）精讀與選録　每家專集既經過以上之各項整理考訂以後，可以應用上文所謂“揣摩前人之作”者，潛心精讀一番矣。除句讀以外，遇詞中精粹部分，俱可標出。讀者意之所到，則録爲卷頭之評語；更隨手作劄記，於各方面之懷疑與領悟者，皆一一記入，徐圖決斷爲整理。又下文所謂選録者既成以後，更可以供朝夕諷詠，前人謂學填詞先學讀詞，於聲調抑揚頓挫之間，得心領神會之用，然後試爲下文之所謂和作，則詞旨之間，自得豐神諧鬯也。

精讀之際,可憑一時之審察,或一己之嗜好就全集中定一選目;並據此目,録成選本。選録宜首先訂明選旨:第一精選抑粗選;第二,所録者標準如何;第三,所删者標準如何;第四,編次如何。大概粗選僅爲消極之削删,精選始爲積極之表彰。凡可以表見作者爲人之身世與思想者,可以表見作者文章之特長與派别者,皆爲普通選録之標準也。反此者,固應在删削之列,即有於此而缺於彼,不爲完璧者,亦非精選之所應納。若字句之殘者,音律之疏者,詞格之降者,則又皆普通删削之標準也。既有選本,則上文劄記所有,可以移而繫於選録各詞之後。即下文之所謂評論,亦以與選録合見爲便焉。

(六)集評與定評　對於每一作家之評論,可先集前人之意見,羅而列之;更總諸説爲數派,合之於詞,以定其是非;益以其他之見解與發揮,是爲定評。評專家之詞,固應集中其思想,顯著其特長,亦當明其淵源,審其學力,與夫受時代之影響如何。所論斷者,須得大體與概况,毋硜硜細處。主客觀宜並用,毋全憑主觀。前人詞論之弊,多在出語不著邊際,不關痛癢,態度不懇切,若不負責者。倘持説偏激於一方,衹要能於自圓,固猶較模棱兩可者有益也。

(七)詳别流派　每一專家以後必有繼承風派之人;或深入堂廡,或略借蹊徑。彼論者覺察不真,或有意附會,謂某人屬某派,某人從某家者,固不足道;若後起作者,確於當時或前輩有所師承,有實際情形,明白可按者,則前之定評,已窮其源,兹之沿流,不妨再盡其委。推而至於末流之衰弊何似,亦牽連及之,則於某家詞派、本身之利病,所體會者,必能益真也。張鑑之擬姜夔傳,並列張輯、盧祖皋、史達祖、吴文英、蔣捷、王沂孫、張炎、周密、陳允平九人之歷略,以爲其詞皆宗姜氏,是舉姜氏以後所有之南宋名家,悉繫之於姜氏之門也,未免泛矣。諸人既較姜氏爲晚出,詞境受其影響,勢所必然;應另爲著論,分别輕重,而不便一視同仁。若如此以詳流派,將詳不勝詳矣。故所謂詳别流派者,嫡派則詳之,其他者“流”而已矣,爲説以别之已足。至若周濟之《宋四家詞選》立周、辛、王、吴四家爲中心,領袖一代,以其餘各若干家爲附庸,則另有機軸,非尋常之言源流派别者可比也。然其入主出奴之處,牽强附會者多,確切投合者少。集百十人而議之,恐亦難得兩人之全同也。蓋指出領袖數家，其法甚巧，若設立門户，標榜旗號，將其餘者强爲系屬，一若確然無可通融者，則其事甚拙也。

（八）擬作與和作　周邦彦一集出，後人全部屬和者，於宋代知有方千里、楊澤民、陳允平三家；後來之爲全部和晏、和姜等集者，亦常有之。張炎《詞源》論學詞，早有"精加玩味，象而爲之"之語。蓋凡事模仿先于創造，學者於名集精讀之餘，得其真境，體會之，推廣之，自覺胸中有許多詞，須筆之於紙，有欲罷不能之勢矣。前人之言初學作詞，以爲聯句與和韻，同是習練之法；惟聯句難得其人，不如和韻。和今人猶或不免於勉强酬應之弊，不如和古人爲妙。和古人不必和其全集，亦不必和其題、韻，習其法而用其境，以自抒情志之所鬱，是亦和也。研究專家詞集者，兼盡此功，庶乎可以斷手而告全業之底成矣。

以上八端，約爲考據、整理、閱讀、批評、撰作五事，乃研究專集者全部之業。或謂實際應用，難於周至；考據與整理，足以阻塞性靈，不如去之，可以極盡欣賞陶寫之樂。如况周頤《蕙風詞話》之不樂校讎，一則曰："昔人填詞大都陶寫性情，流運光景之作，行間句裹，一二字之不同，安在執是爲得失？"再則曰："詞以和雅温文爲主旨，心目中有讎之見存，雖甚佳勝，非吾意所專注。彼昔賢曷能詔余而牖之，則亦終於無所得而已。"不知考據與習讀，原應分别從事，不能同時並舉於一次開卷之間也。先粗讀而省知某家爲有價值之作，值得爲之竭校訂之勞，然後方爲校訂；校訂既至盡善，然後再作精讀，何礙於欣賞之趣乎？且一人一時之勞苦煩悶，足以嘉惠後人後日於無窮。詞果不必箋校，則使今日習夢窗者，仍守毛本，而拒王篇，肯乎？使習玉田者，仍止原詞，而遺江證，安乎？此以上八端，應次第以進，不能參雜躐等，學者又不可不省也。

至於尋常别集，非專家之作，習讀批評，種種皆不值得，則各爲形式方面之提要，俟積聚既多，總成考據可矣。

（乙）選集　選集情形，已略見於上文詞法"揣摩前人之作"一節内。選集之用原有二：一資欣賞，一資考據，研究選集者，亦即由此兩途以進可也。

（一）編列總目　自五代之《花間集》起，迄於今日之《宋詞三百首》

止，古今選本，共有若干，或存或佚，總列一目。有名必登，搜羅務盡。其數雖多，要不過以百計，非如别集之以千計者，非一二紙所能盡也。此目可依時代爲序。書名以外，並繫卷數與作者。能據總目，進而各爲提要最佳，且宜較别集之提要詳盡，因選集之關係較大也。其名存書亡，無要可提者，則爲考證；無可考證者，亦必著明其名目之出處。

（二）分别性質　選本性質，各種不同，大别之爲因詞而選、因人而選、因時而選、因地而選、因題而選、因調而選六種。第一種乃純粹以詞之優劣爲準，選集之正者也；欣賞考據，兩得其用，而不相妨。有出於坊間者，有出於專家者，不可不辨。第二種以下，皆先有其他目標，其次方及詞之優劣，如是考據欣賞之兩用，在同一書中，此長則彼消矣。因人而選者，或專選女子，或專選同人，其失每在標榜。因時而選者，關係較大，有正統與非正統兩種，當詳之於詞史之研究中。因地而選者，無非爲存鄉邦文獻起見，可考其體例善否。因題而選者，宋黄大輿《梅苑》開其端。題小近於戲玩之文；若就大題目彙爲一編者，古今尚少見焉。因調而選者：或因宫調，如明李開先之《歇指調古今詞》；或因牌調，如《百萼紅詞》選《一萼紅》百首，皆極僻。又有詞譜兼詞選者，如《白香詞譜》亦應屬因調而選之列。又有因總集而選者，如《宋六十一家詞選》，因他書體裁而選者，如《宋詞三百首》，則又情形各别。總之：一選在手，性質如何，應先審定，方可以及其餘也。

（三）考訂選旨　一選之中，詞之優劣取捨，以何爲標準，不可不察。選家眼光當然隨其人之學識、主張、嗜好而定，故選集有可以代表某一詞派者，如宋周密之《絶妙好詞》，清朱彝尊之《詞綜》，張惠言之《詞選》，其最著者，學者不可失之也。即《清綺軒詞選》向以纖豔爲人詬病者，但選旨惟一而分明，選材俱符其選旨，論選集之體例，則甚覺其合；較之無一定宗旨，踳駁凌亂者，固有作用矣。更如周濟之《詞辨》，及《宋四家詞選》，以詞評而兼詞選，選之前各自具説，標明選旨，學者自覺其便利。然則遇名選而不具條例説明者，學者固可以就其書中求之，而試爲代訂；此厲鶚輩於《絶妙好詞》，祇知爲考據方面之箋釋，而不知爲欣賞方面，代古人訂明選旨，思之猶屬缺憾也。

（四）編製分目　此就每部選本以内，編製分人分調分題之目録也，與(一)編列總目者不同,特亦供考據之用爲多耳。此事僅合向宋元選集,及明以後大部之選集爲之,其餘可以不必。蓋分人目録之作用,所以便於編訂名家專集時之補佚詞也;分調目録之作用,所以便於修詞譜時之補調、補體、校勘字句也;分題目録之作用,所以便於作詞時之有參考,同於一般類書之爲助也。

以上四事,于考據、欣賞兩用,參互有之。此外研究選集,有同於上文研究專集者:如《梅苑》佚詞之待校勘增補,《絶妙好詞》、《尊前集》之待考訂,《草堂詩餘》之已經箋證注釋,是其著者,前舉諸法,學者可以觸類運用。

(丙)總集　兹所以列總集於研究範圍以内者,僅有一意,編纂《全宋詞》。宋詞之不可以不一全者,猶之漢文唐詩之所以全,蓋三者同爲時代之文學也。以漢文唐詩著作之繁,前人尚且全之,則宋詞篇章,比較有限,全之何難?觀於唐五代詞,既已附全於《全唐詩》之後,乃益覺《全宋詞》之不可以不有矣。宋詞不全,實清代詞業之大憾!清初《欽定詞譜》、《御選歷代詩餘》,兩部官書之編定也,一時詞臣,以爲即此卷帙,於詞業已大有成就,足以自豪;且詞畢竟爲小道,不足與詩驂駕,毋庸如詩之所爲。此種心理,舊時不除,故覺宋詞不必全而存之,但選而存之已足。至近人朱祖謀先生之編刻《彊村叢書》,于宋人之作,凡附見於詩文之刻者,雖三四首,亦不計工拙,編爲一家,始寖寖有全而存之之意。然編纂《歷代詩餘》之時,《永樂大典》猶存,宋人之集,散見甚多,故今日不見之宋詞專集,《詩餘》中動輒有數十首存儲之富;使當時即有全而存之之計劃,所成就者,必大有可觀,尚何待彊村今日之三四首即編爲一集乎?夫昔日有全詞之材,而無全詞之志;今日有全詞之志,而全詞之材已愈益零落,致宋詞終不得以全,豈非清人詞業之大憾乎?今及零落之餘,若急爲掇拾,猶足爲桑榆之補;過此以往,衹恐藝林日益繁冗,而典籍日益消沉,求如彊村之别爲三四首一集者,且必有不可能之一日,豈非又成今日詞業之憾乎?

大概綜明之毛刻,清之侯刻、王刻、江刻,近人之吴刻、朱刻,共若干集,是第一步;搜求現存宋集附詞,爲諸刻所未列者,是第二步;就宋以來諸選集所登,彙爲新集,是第三步;就宋以來筆記、雜書,增補遺佚,是第四步。如此進行以後,總得卷帙幾何,在未曾從事之前,雖無從估定,然料其全業,捨鈔繕以外,多不過一人之力,一年之功,十人之力,一月之功而已,有志者正不必以煩爲憚也。至於體例,則全文全詩,典型俱在,毋庸泛及。所宜有别者,《全宋詞》之篇幅,既不過多,各家所用板本,及所據書卷,不妨全體注明,以備他日之復按,示其書雖一時編就,内容則千載公開,猶賴後人之陸續增訂而無已,毋蹈清時官書自大之習也。

（據商務印書館1935年“國學小叢書”本）

附：

任中敏先生的《全宋詞》批注

王小盾

在二十世紀後半的中國詞學界，夏承燾、唐圭璋、任中敏是鼎足而立的三位學術巨匠；其中僅任師未有大型的詞學專著出版。他的一部分工作成果，乃包含在《教坊記箋訂》、《敦煌曲初探》、《敦煌歌辭總編》、《唐聲詩》等關於發生史的研究著作之中；另一部分成果，則發而爲同夏、唐等先生的通信討論。1959 年 6 月，唐圭璋先生完成了 260 萬字的《全宋詞》；1965 年 6 月，此書增修完畢由中華書局出版。對於中國的詞學研究來説，這是一件具有里程碑意義的大事，任師自然表現了特別的熱情。這年十一月十日，《全宋詞》剛剛在成都上市，他便購來一部認真通讀，并在書眉和字行間寫下了詳細批注。後來，他又把此書轉往南京，供唐先生參酌進行修訂工作。現在，雖然迭經動蕩，這部《全宋詞》仍然完好地保存下來。其上批注清晰可辨：那些用紅色或藍色水筆寫成的，是任師的批注；其旁用鉛筆書寫的，則是唐先生的答注。任、唐兩位詞學大師，就這樣留下了一份特殊的學術記録——關於他們的通訊討論的方式，也關於他們的治學思想。任何接觸過這部書的人，面對那密密麻麻的批語，都會感到强烈的震撼。

1985 年，我取得博士學位，離開揚州任教於上海師範大學。1987 年，得便到揚州探望任師。相見之下，彼此都很興奮。任師遂捧出這部書來，提筆濡墨，在扉頁寫下了幾行大字：

> 一九八七年九月，小盾弟來揚，乃舉此書歸之。……此書内紅筆所見諸義，正所合編爲一部《回甘室詞話》。半塘

我很珍視任師題贈的這件寶物，遵師囑，對此書的批注作了認真整

理;但躊躇再三,没有編成《回甘室詞話》。因爲詞話是一種進行學術評論的著述文體;而任、唐二先生的往返回答,主要關於《全宋詞》的編撰體例、作品校勘,屬考據學的札記體裁——兩者有所不合。爲求忠實且詳盡地傳述任師的思想,今改以上題,將其這份文獻的大義揭載如下,亦以作爲對任師百年冥壽的紀念。

一、《全宋詞》批注的基本方式和風格

任師的批注涉及面很廣,大體可分三種形式。一是寫在書籍襯頁上的批評意見,大多關於《全宋詞》的編纂體例;二是隨文注出的問題,大多關於文字、句逗、調名、題目、作者、出處等方面的技術處理;三是對作品及其序跋的圈點,大多是可作音樂文學研究的資料。全書每一頁,幾乎都留下了他的筆跡。

任師是用鮮明而尖鋭的筆調陳述他的意見的。例如關於編纂體例,他直白地表示了若干不滿或質疑:

> 存目不當,存目詞大部分與詞後按語重複;
>
> 稱謂不一;
>
> 標點誤處太多,不成制度——頓號、逗號、句號不成套,落韻不標,錯字不改;
>
> 原題與非原題無顯著之劃分;
>
> 二萬首不分卷,而分册,未是;
>
> 眉目不清。如姜夔"自制曲"標目下,究應有曲幾首?看不出。王義山《樂語》究有幾套?看不出。

這類批評,還涉及"兩首合爲一首"、"今地名不統一或失注"、"公元失注"、"籍貫失注"等項内容。

爲便於唐先生查檢,任師爲各類問題編制了索引,寫在每册書的襯頁之上。諸如:

各片分合不當,如《瑞鷓鴣》、《伊州曲》(3674 頁);

調名下注,何人所發,不明(58、75、138、311、463、582、1996 頁);

複見詞:《六州歌頭》(113、114 頁);

複見詞失注明(359、458、462、114 頁);

兩存不必要者(114、245、458、470、526、3172 頁);

定詞入主出奴,不明論據,不足信。例:418、228、258 頁。

與此相應,在《全宋詞》正文中,往往有較詳細的批注;而唐先生的答注,則逐一寫在批注之旁。例如第 17 頁柳永《曲玉管》末原文注云:"案此詞原分兩段。《詞譜》卷三十三云:'此詞前段,截然兩對,即《瑞龍吟》調所謂雙拽頭也。'今從其説。"任批:"如此細訂,不能全書一貫。説應删。"唐答注:"據删。"這是討論按語的範圍問題。又如第 449 頁吕希純《臨江仙》原文設空格四句 26 格,注:"《項氏家説》卷八(空格據律補)。"任批:"此例雖開,多不照做,不統一,如 636 頁所見。"按 636 頁邵伯温《望江南》原文"七七五"三句,其下注出處"《輿地紀勝》卷一百五十六",任批:"按 449 頁例,應加空格八個。"唐遵改按語爲:"殘詞見《輿地紀勝》卷一百五十六。"這是討論按語體例的統一問題。又 2773 頁黄孝邁《行香子》,現存五句 17 字。任批:"應依律加空格,補足行款。"唐補注:"案此爲殘句。"這與上例相同,也是討論用按語或空格來訂律的問題。同樣的批注還見於 2775 頁劉震孫的《賀新郎》,以及 2980 頁湯恢的《八聲甘州》。

在考訂方面,任師的批注主要涉及對作家與作品的確認,其項目有"小傳的問題"、"以有名抵銷無名,又不合(195、367、384、471 頁)"、"時代有問題"、"調名誤綴他字(1371 頁)"等等。任師還對《全宋詞》中用於訂誤的方法表示了懷疑,説:"濫稱'誤'——並無理由,臆訂爲'誤',宜删此字。"他的意思是:在作"誤"或"不誤"的判斷之前,應提供更嚴密的考證。這樣的考證也構成任氏批注的一項内容。例如在 277 頁有蘇軾《水龍吟》,其第一首原文爲"古來雲海茫茫,道山絳闕知何處"云云。任校"道山"爲"蓬山",批注説:"據涵芬樓明抄本《説郛》卷二一《天隱子》

胡璉後序校。序曰:‘昔謝自然欲過海,求師蓬萊。至海中。或謂自然曰:“蓬萊隔弱水三十萬里,不可到。天台有司馬子微,身居赤城,名在絳闕,可往從之。自然乃還,受道於子微,白日仙去。東坡《水龍吟》詞曰:“古來雲海茫茫,蓬山絳闕知何處……”’句以作‘蓬山’爲是。”又如3577頁葉巽齋《感皇恩》副題原作“壽王簿”,任師認爲應爲“壽主簿”,批注云:“3581頁可證。”按3581頁有三槐《百字謠》,副題正是“壽主簿”云云。

任師是作爲諍友而爲唐先生的《全宋詞》作批注的,因此,唐先生在答注中表現了同樣的真誠和坦率。例如關於上文“壽王簿”及王義山《樂語》的爭議,唐先生分别回答“王可能爲姓”、“依原式”,鮮明地堅持了多聞闕疑的立場。通過以下三例,我們也可以看到兩位學者服膺真理的襟懷:

原文《凡例》:“詞人時代,昔人考訂類多錯誤。尤可哂者,以北宋趙君舉、楊彦齡列於南宋之末,以張履信列於其子張輯之後,草率成書,失考殊甚。”任批:“‘可哂’失態,‘草率’乃公戒。”唐答:“不過吾輩可哂之處也不一而足,不必哂它也好。”“據删此處八字。其實《歷代詩餘》并非草率而是無知。”

第3頁寇準《陽關引》,任批:“須參563頁晁詞定句讀。”唐答:“據《詞譜》卷十八。晁詞也不於‘知有’、‘千里’處斷。”

第3415頁詹無咎《鵲橋仙》,原有夾注云“案此句多一字”。任批:“應删。”“有襯字者多矣,何曾一一曰‘多一字’?”唐答:“遵示。”

鮮明,坦白,這正是《全宋詞》批注的基本風格。

二、關於詩詞之辨

從理論角度看,任氏批注的最大一個主題是詩詞之辨。這也是編纂《全宋詞》所要解決的最基本的問題。此書《凡例》有云:“是編嚴詩詞之辨,凡五七言絶及古詩均不闌入。"這是書中關於詩詞之辨的最明確的表述,也是任氏批注反複討論到的編纂標準。任批説:"六言内亦有絶律,不應例外。如仇遠之《小秦王》二首何以又收? 蘇軾《陽關曲》三首亦然。""《凡例》曰'五七言絶不闌入',但《小秦王》、《八拍蠻》、《樓心月》等皆已闌入。""五七言絶不收,六言絶又收之,何説? 無説萬萬不可。洪邁《萬首唐人絶句》明明收有六言絶句四十餘首,無從否認。""古詩既不闌入,何以又收盼盼《惜花容》、張繼先《度情宵》七言八句古風六首?""寇準《江南春》在詩集算詩,不算詞;蒲壽成《欸乃詞》在詩集便算詞:漫無標準。"這些話的涵義是:詞與詩的區别既不在於是否不用常見詩體,也不在於是否不載於詩歌文集,而在於是否使用詞樂,是否録入當時詞集,是否被當時人承認爲詞。或者説,其本質是歌辭與非歌辭的區别。所以,書中有以下批注:

4頁寇準存目詞原有按語:"《江南春》'波渺渺',《花草粹編》卷一引《温公詩話》。乃詩而非詞,見《忠愍公詩集》卷上,今附録於後。"任批:"在詩集,而已收入者甚多。如蘇軾《陽關》三首、蘇轍《調笑》、許棐《三臺春》等,均在詩集。

8頁林逋存目詞原有按語:"《瑞鷓鴣》'衆芳摇落獨鮮妍',《梅苑》卷八。原爲七律,後人唱作《瑞鷓鴣》,附録於後。"任批:"如此能入存目,《竹枝》、《楊柳枝》,亦'後人唱作',何以不收?""後人究指何時人? 不明。""既是七律,分片又出何人手? 若出《梅苑》,便是詞,非詩。"

205頁王安石《甘露歌》,原注:"又案曹元忠據王安石本集云:'此集句詩,曾慥、黄大輿輩誤爲詞。'考曾、黄二人去王安石時代未遠,必有所據。龍舒本亦以爲詞,今從之。"任批:"足見宋人有歌辭觀點,不嚴詩詞之界。"

355頁蘇轍《調嘯詞》二首原注出處:"以上二首《欒城集》卷十三。"任批:"《欒城集》非詞集,乃詩集。"

636頁邵伯温《調笑》,七言四句。任批:"齊言,爲何能收?"原注:"案宋人《調笑》詞前,例有口號八句。此四句蓋口號,非詞文。"

任又批："口號例爲近體，上辭拗。語意亦不是口號。"

937頁呂本中《浣溪沙》原有案語云："案此首謝逸《溪堂詞》誤收。'暖日'二句，亦見《東萊先生詩集》卷一，可證必係呂作。"任引"亦見"云云批道："證明《浣溪沙》是詩調。"

2486頁張端義《失調名》，僅存"怨春紅豔冷"一句，原注："《貴耳集》所載不云是詩或詞，依其風格乃詞，故收於此。"任批："詩詞難辨。不略載《貴耳集》原文，讀者無法辨别。""風格難盡憑。"

以上所云"略載《貴耳集》原文"云云，表明了這樣一個觀點：就歌辭鑒别而言，關於歌唱本事的記載，是比文字風格更可靠的標準。

在同夏承燾、唐圭璋等先生的通信中，任師曾以"曲—詞—曲"的三段式，概括了詞的親緣事物及其在文體發展中所處的位置。這是同"詩—詞—曲"的傳統三段式相對立的。因此，在批注《全宋詞》之時，任師也强調了"詞曲之辨如何"的問題。他認爲，詩詞之間的糾葛與混淆，主要來源於"缺乏歌辭觀念"，未把詞看作音樂文學的文體。所以任批有云："與當時樂舞不聯繫，大病！當時樂中吹《楊柳枝》(77頁)，而全删《楊柳枝》詞。""完全主'文'，如《張協狀元》戲文内不少宋詞，何以未收？《凡例》未提。""通病——套曲後緊接散詞，眉目不清(1167、1209頁)。"在這裏，他實際上闡述了不要單看文本，而要立體地、從詞的存在環境來觀察其體制的思想。以下兩例，也明確地反映了這一思想：

594頁張耒存目詞《雞叫子》"平池碧玉秋波瑩"，出《詞品》卷一，原注："乃張耒'對蓮花戲晁應之'古詩中四句，見《張右史文集》卷十二，附録於後。"任批："若作歌辭看，不妨。"

659頁蘇庠存目詞中有《清江曲》、《後清江曲》各一首，原注"乃古體詩，非詞，録附於後"。任批："先平後仄，兩首一律，可能是歌辭。《清江曲》有歷史。"

三、關於調名、格律和文體

在任氏批注所涉及的各個事項中,談得最多的是調名和詞律兩項。例如説:“錯名不訂。352頁《高溪梅令》明明是《鬲溪梅令》,3900頁《上樓春》明明是《玉樓春》,有格調爲證。”“柳永的《玉樓春》乃《木蘭花》之誤。”“强指高麗曲調《獻仙桃》爲《瑞鷓鴣》,尤不成事(3823頁)。”“考訂調名(12、53、488、546頁)。”這裏談的都是調名問題。而所謂“欠校格律(3431、3534、3541、3675、3774、3837、3855頁)”,“補空格不統一(169、449、1000、1826、2056、2773、2775、2980頁)”,則談的是依詞律校詞的問題。關於這兩個事項,在《全宋詞》中還可見以下批注:

584頁晁補之存目詞《朝天子》,原注馮延巳作,已見《陽春集》。任批:“《陽春集》名《思越人》。《朝天子》乃曲牌名,因何攪混?宋晁補之《琴趣外編》名《朝天子》,此名不能加之《陽春集》。”唐答:“據以加注。”

3430頁羅志仁《菩薩蠻》,作“四五四,七五四,四七,五四四,六,五四,五四五四,四七,七四”句式,任批:“調名可疑,應詳訂。”唐答:“從《詞譜》卷三十五,調作《菩薩蠻慢》。”

3675頁無名氏《傾盃序》,爲一長篇,分三片。任批以爲是兩首:“《傾盃序》是一首二首?‘昔有’首(按指此詞前部)何長?‘棟雲’首(按指此詞後部)何短?詞後無按語,不談‘依律’如何矣。負責不夠。”

3774頁無名氏《玉樓春》“賀生雙子”。任批:“此體特殊。”“七,六,五,四五,絶非《玉樓春》,何以不依律校訂?應注‘調名疑誤’。”唐遂補注:“據注。”“按此調作《玉樓春》,誤。趙長卿有《雨中花令》與此類似。”

《全宋詞》有依律校詞之例。第1026頁蔡伸《鷓鴣天》之題記云“客有作北里選勝圖,冠以曲子名《東風第一枝》,哀然居首,因作此詞。”唐注:“調名原作《瑞鷓鴣》,依律改。”又第 3592 頁白君瑞《柳梢青》,題下按語云:“案《大典》原無調名,兹據律補。”又第 723 頁葛勝仲《瑞鷓鴣》“火雲欲避金風至”,題記“工部七月一日生辰(毛校:疑作《木蘭花》)”。任師援前例而批曰:“以《木蘭花》稱《瑞鷓鴣》。”“何以不依律改? 看 1026。”唐遂改題《玉樓春》,删毛校,加注云“案詞原作《瑞鷓鴣》,兹據律改”。

任師對詞調和詞律的注意,事實上,同他對詩詞之辨的重視是相聯繫的。因爲詞調和詞律,正是詞之作爲詞的兩個顯著特徵。它們同時也是詞作爲音樂文學的重要標誌,是文學之中所留存的音樂的痕跡。從以下資料可以知道,這一觀念,在任師那裏是十分明確的:

4 頁寇準存目詞有《江南春》、《夜度娘》。《江南春》末句云“蘋滿汀洲人未歸”。任批:“《宋史·樂志》載太宗時所製曲雙調有《汀洲緑》,顧名思義,疑即《江南春》。”“‘夜度娘’三字何説?無交代。”又:“《樂府詩集》(卷四九)《夜度娘》五言四句,二平韻。足見三字已成調名。”“不詠‘夜度娘’本意,足見三字是調名,其辭乃歌辭。”

201 頁王珪《奉安真宗皇帝御容於壽星觀永崇殿導引歌詞》。任批:“‘導引歌詞’並非調名,乃文體名。此首等於無調名。”唐答:“‘導引’即調名。”

“導引”一例説明,任師是把調名理解爲曲名的符號(而非文體的符號)的。正因爲這樣,他認爲,同作品文意相脱離,乃是調名(例如《夜度娘》)的重要特徵。

以上批注的精髓,也可以概括爲對事物本質的關注。任師認爲,據此本質,才可以對詞的種種形式作出合理解釋。如果説詞調的本質是曲調,那麽,詞之分片、分章,其本質便是歌唱段落或表演段落的劃分。所以任師認爲《全宋詞》略有昧於段落次序的缺點,批評説:

“其二”“其三”等,或用或否(14 頁);或是聯章(34 頁),或否。或用“又”字。

他的意思是:詞之分片、成首、聯章、合爲大曲,都應當用確定的符號加以表示。古人已有較明確的表示之法,不應混淆。“又”代表同調名但在意義及表演方面不必相關的作品;“其一”、“其二”等代表聯章之詞,作品之間的關係是既同調名又連綴演唱;“第一”、“第二”等則是大曲的標誌,因爲大曲由若干曲調按節奏緩急組合而成,每詞有固定的次序。所以,他在《全宋詞》392 頁和 2312 頁,有這樣兩段批注:

黄庭堅《木蘭花令》五首,結句分别是“小蜜竊香如遺壽”、“一曲琵琶千萬壽”、“人世可能金石壽”、“他日相思空損壽”、“相守與郎如許壽”。任批:“以上五首和韻聯章。”

龔大明《缺調名》“山居”五首,末云:“清高絶,雪崖翁,向上玄機頓觀通。金鼎有丹成九轉,凝然宴坐白雲中。”唐原注:“案以上五首未注調名,實亦《瀟湘神》一類之詞也。”任批:“説太疏。”“同唐《十二時》。”

在《敦煌歌辭總編》中,任師設有“普通聯章”、“定格聯章”、“重句聯章”等體裁。“和韻聯章”即類似於敦煌歌辭中的重句聯章。“山居”則類似於另一批唐代的流行歌辭——《十二時》、《五更轉》等“三三七七七”體通俗歌唱。儘管《瀟湘神》也用“三三七七七”體,但它不是曲調名,它的體式不過是對《十二時》等通俗歌曲的模仿。因此,任師以“説太疏”的評語,强調注意體式後面的音樂本質。

四、關於“主藝不主文”

如果分析一下任氏批注在《全宋詞》中的分布,那麼可以説,任師最重要的一個學術思路,是所謂“主藝不主文”——亦即把詞當作歌辭之一體、結合其表演來加以研究的思路。批注最密集的地方，一是第二册的史浩大曲，二是第五册的高麗歌舞。在這兩處，任師都表現了對若干歌辭體裁的特殊關注。

關於高麗歌舞的資料，見於第五册 3823 頁至 3833 頁。其中共約六十首詞，均録自《高麗史》卷七十一《樂志》。在這裏，任、唐二先生均有詳細批注：

(一) 開端處任批："須詳校《軌範》。"唐補注："録《高麗史》歌舞全過程。"(盾按：此處《軌範》指朝鮮樂書《樂學軌範》。唐注對這六十首作品作爲歌辭的性質作了概括；任師則更進一步，提出須依《樂學軌範》，校訂其演出之面貌。)

(二)《獻仙桃》，末有案語云："案此首原不分段，今依《瑞鷓鴣》調分。"任批："《樂學軌範》此詞上曰：'樂業致詞。'非歌辭可知。""此首實際爲曲前致語，並非歌辭。既强認爲《瑞鷓鴣》，又分片，將材料改造爲成品而不確當者。"唐答："《軌範》明言'唱'，非致語。"(盾按：《獻仙桃》七言八句體，此處任批以爲是誦詞，非歌辭。不過《高麗史》卷七十一《樂志》辭前有云"妓傳奉進王母，王母奉盤唱《獻仙桃·元宵嘉會》詞，曰"云云。可知《全宋詞》所校未必誤。但任師當時並無條件閲覽《高麗史》。在這種情況下，他的意見便表明了主張嚴肅分辨致詞與歌辭的傾向。)

(三)《瑞鷓鴣慢》"慢嗺子"。任批："非《瑞鷓鴣》。"(盾按：此詞在《瑞鷓鴣慢》之後，題"又(慢嗺子)"。考諸《高麗史》，其曲名應爲《瑞鷓鴣慢(嗺子)》。《全宋詞》所題易滋誤會。任批甚是。)

(四)《壽延長》、《五羊仙》、《拋毬樂》等調名下任批："大曲，辭二首。"(盾按：據《高麗史》，此三曲均爲隊舞之曲，每曲下均有兩篇唱詞，如《壽延長》唱《中腔令》、《破字令》，《五羊仙》唱《步虛子令》、《破字令》，《拋毬樂》唱《折花令》、《水龍吟令》。任批理解爲大曲，較理解爲普通詞調更爲合理。)

(五)《小拋毬樂令》下任批："齊言，應是念詩。"(盾按：此首緊接上文《水龍吟令》，但七言四句，與前幾首之用長短句不同，故任批有此説。今查《高麗史》,辭前云:“訖,樂官奏《小抛毬樂令》。左隊六人舞,一面一背。訖,齊立,樂止,全隊唱《小抛毬樂令·兩行花竅》詞,曰:……”可知《全宋詞》所校不誤。不過,這裏仍然表現了任師重視詩詞之别的學術傾向。)

(六)《失調名》,原分爲六首,每首七言二句。任批:“以下歌辭三首,每首七言四句,三平韻。”“以上三首齊言,按本書體例,不應收。收則同體者在《進饌儀軌》等書内尚多,挂此漏彼,有傷體例。”“《軌範》此下尚有七言四句辭二首,又有遣隊致語。”(盾按:任師此處實際上談到聲詩與詞這兩種歌辭體裁的區别問題。他認爲聲詩往往用採詩入唱之法,故多是齊言;詞出於曲子辭,是因聲度詞,故多爲長短句:兩者應有區分。不過,《全宋詞》此處所校亦未誤。在《高麗史》中,此六首皆是抛毬隊舞的唱辭。)

(七)《惜奴嬌》“曲破”,原分作八首。任於一二首前標“一”,於第三首前標“二”,於第四、五首前標“三”,又批:“元宵頌聖六首。”“一套六首。僅僅‘曲破’二字,不能了事,看 3862 頁。”唐答:“依原式八首,不標一、二。”按 3862 頁載“巫山神女”之詞九首,分别題作“《惜奴嬌》其一”、“《瑶臺景》第二”、“《蓬萊景》第三”、“《勸人》第四”、“《王母宫食蟠桃》第五”、“《玉清宫》第六”、“《扶桑宫》第七”、“《太清宫》第八”、“《歸》第九”。(盾按:任師的意思是:既然是“曲破”,那麽,便應該按大曲的行文習慣,標出“第一”、“第二”等序號。正因爲這樣,他在《萬年歡慢》中也標了序號。參見上文。不過,《高麗史》原文無此序號。)

(八)在以上作品之末,任批:“借唱成套,不問誰作。一經抽去,主文有餘,主藝不足,非善計也。”(盾按:這是全部批注的結論——反對把整套作品一例看待,而不區分每個篇章的實際歌唱性質。在這裏,任師對《全唐五代詞》、《全宋詞》的編纂思路提出了懷疑。)

從上可見,任師所説的“主藝不主文”,是對各種音樂文學現象加以解釋的必要方法。事實上,這也是他的文學史觀的核心——他始終不渝地把文學看作一種社會活動，主張聯繫其功能及其藝術表演的背景來研究其内容和形式。在他看來，只有這種研究，才能揭示各種文學形式得以形成的原理(它們往往是表演程式的表現)，以及某些文學樣式得以繁榮的原因。例如據他統計，宋代以詞祝壽的風氣極盛，《全宋詞》第二册有 261 首壽詞，第三册有 286 首，第四册有 666 首，第五册有 617 首，總共壽詞 1830 首。這樣一來，他就指明了宋詞的一項重要功能，以及它得以繁榮的一個重要原因。此外的例證則見於下述：

(一) 關於表演程式和寫作方式

3058 頁王義山詞，中有多首樂語。任一一加注以表其上演形式。如"壽崇節致語"後注"群臣祝太后壽"，"勾問隊心"后注"柘枝舞隊祝太后壽"，"勾隊"後注"扮五仙祝太后壽"，"王母祝語"後注"扮王母等仙祝太后壽"，又"勾隊"後注"扮小花仙祝太后壽"。

3420 頁徐君寶妻《滿庭芳》，任批："近於亂中題壁詞。"又劉氏《沁園春》，任批："亦近題壁詞。"

(二) 關於樂調的應用

3413 頁楊均《霜天曉角》"祭雙廟樂章"三首，一爲《初獻》，一爲《亞獻》，一爲《終獻》。任批："珍材，用俗樂調作樂章。"

(三) 關於文體辨别的藝術背景

1371 頁洪適詞，原排爲(1) 調名《漁家傲引》、(2) 小字致語"伏以黄童白叟，皆是煙波之釣徒"云云、(3) "詞"十二首、(4) "破子"四首、(5) 遣隊。任批："'引'指駢儷致語，對'詞'而言，非調名。"

3735 頁無名氏《鷓鴣天》，原有副題"遏雲致語筵會用"云云，辭爲詞體。任批："是歌詞，非致語。"唐答："據删(副題)。"

(四)關於詞曲的聯繫與區别

1663 頁沈瀛有《野菴曲》十章、《醉鄉曲》一章。任批："每辭前不標失調名，違通例。""同韻部平仄通叶，分明是元曲，不是宋詞。""此南北曲，九曲一尾，平仄通叶。""此南曲十二拍三句之尾式，編者默默，無一字案語。"唐答："案《野菴曲》及《醉鄉曲》皆多由詞調組成之套曲,彊村叢書本不收,趙萬里補輯以爲是琴曲。""依原式應加注。""元曲先聲。胡忌有考證。沈與楊萬里同時。"又爲補案語:"以上《野菴曲》。案九曲一尾,定非詞調,'野菴'乃總題意。""'醉鄉曲'爲總題大意。前爲《駐馬聽》,後爲《風入松》。"

2311 頁徐夢龍《醉太平》,任批:"似散曲。"

(五) 關於詞樂之關係

2486 頁衛元卿《齊天樂》,原有題記"填温飛卿《江南曲》。"辭云:"藕花洲上芙蓉楫,羞郎故移深處。弄影萍開,搴香袖罥,鸂鶒雙雙飛去"云云。任批:"乃將温作《江南曲》辭填入《齊天樂》調,應注明。"(盾按:意爲櫽括温庭筠《江南曲》,温詞前段云:"妾家白蘋蒲,日上芙蓉楫。軋軋摇槳聲,移舟入茭葉。溪長茭葉深,作底難相尋。避郎郎不見,鸂鶒自浮沉。")

(六) 關於作者爭議

458 頁秦觀《滿庭芳》"山抹微雲",任批:"此首上文已歸琴操,乃《能改齋漫録》與宋刊《淮海居士長短句》二本鬥法,不分勝負。""未注,應并存。"按 359 頁有琴操,原署"杭(今杭州)妓,後爲尼。"其《滿庭芳》題下任批:"此秦觀詞,見 458 頁。爲何又歸琴操?又不説明'存見',兩處都不提起,如何交代?"唐答:"此改秦觀詞,非秦觀詞。"

462 頁秦觀《浣溪沙》之四:"脚上鞋兒四寸羅,唇邊朱粉一櫻多。見人無語但回波。料得有心憐宋玉,只應無奈楚襄何。今生有分共伊麽。"原注提及别誤作黄庭堅詞或張孝祥詞,任批:"與 496 頁一首相近,失注。"按 496 頁趙令畤《浣溪沙》作:"穩小弓鞋三寸羅,歌唇清韻一櫻多。燈前秀豔總横波。指下嗚泉清杳渺,掌中回旋小婆娑。明朝歸路奈情何。"有小序,云:"劉平叔出家妓八人,絶藝,乞詞贈之。脚絶,歌絶,琴絶,舞絶。"任批:"此首已見 462 頁,接近重複,應存此,删彼。"唐答:"可能各有所作,韻同,字句不盡同。"

1176 頁有劉袤《臨江仙》,題注云"補李後主詞"。詞云:"櫻桃結子春歸盡,蝶翻金粉雙飛。子規啼月小樓西,玉鈎羅幕,惆悵卷金泥。門巷寂寥人去後,望殘煙草低迷。(小字:李煜)何時重聽玉驄嘶,撲簾飛絮,依稀夢回時。(小字:劉袞。《墨莊漫録》卷七)"又1308頁有康與之《瑞鶴仙令》,題云"補足李重光詞"。詞云:"櫻桃落盡春歸去,蝶翻金粉雙飛。子規啼恨小樓西,曲屏珠箔晚,惆悵卷金泥。門巷寂寥人去後,望殘煙草低迷。閒尋舊曲玉笙悲,關山千里恨,雲漢月重規。"任批"瑞鶴仙令"應爲"臨江仙令",又批:"應管前照後,1176頁劉袞作應提到。""看劉袞作。"唐遂加注:"案此首又見劉袞詞,調作《臨江仙》,文字微異。"

以上第六項任批,事實上接觸到一個重要且有趣的問題:這樣多的作者爭議,其原因是什麽呢?既然爭議作品的文字并不全同(359、458頁的兩首文字亦不盡同),既然它們往往涉及到妓女及歌唱,那麽,它們是否應當歸於妓宴唱和的産物?我在《唐代酒令藝術》一書第二章第二節及附録二之四十,曾考訂白居易與杭州名妓吴二娘著辭唱和的《長相思》,認爲其真相是:吴二娘先唱此曲,撰辭起舞;白居易依令唱和,另撰曲詞之上片,遂有如下兩辭:

深花枝,淺花枝,深淺花枝相間時。花枝難似伊。
巫山高,巫山低,暮雨瀟瀟郎不歸。空房獨守時。(吴詞)
深畫眉,淺畫眉,蟬鬢鬅鬙雲滿衣。陽臺行雨回。
巫山高,巫山低,暮雨瀟瀟郎不歸。空房獨守時。(白詞)

以上詞作者的糾葛,其詞、其人、其事均與吴白兩篇著辭相近,毫無疑問,是應當按"主藝不主文"的原則,從著辭唱和的角度來解釋的。《全宋詞》2310頁戴復古《漁父》四首前任批云:"唐吴二娘《長相思》。"由此看來,三十年前,任師似乎已經想到了這一解釋。

總之,上述例證表明:所謂"主藝",其實質就是肯定制約文詞的各種相關要素的地位與作用,把文學事物放到它本來的歷史環境中加以認識。這項要求,是爲避免文學研究的簡單化、片面化而提出來的,是把文學研究推向全面和深入的要求。所以,即使在今天看來,任師的

《全宋詞》批注仍然具有針砭時弊、啟發後學的鮮明意義。我不由想到:如果說任師已經爲二十世紀的中國學術貢獻了一個散曲學、一個唐代文藝學,那麽,上述批注便分明預示著一個嶄新的宋代文藝學的建立。

(原載《揚州大學學報》1997 年第 1 期)